中国行きのスロウ・ボート

村上春樹

中央公論新社

目次

『中国行きのスロウ・ボート』単行本の復刊に寄せて　村上春樹

『中国行きのスロウ・ボート』は僕が初めて出した短編小説集だ。『風の歌を聴け』『1973年のピンボール』という二冊の（短めの）長編小説を発表したあと、それまでに書いた短編小説を集めて、中央公論社から出版することになった。一九八三年のことだ。長編に関してはカバー絵を佐々木マキさんにお願いし、二冊共に素晴らしい絵を描いていただけたのだが、短編小説集は少しばかり雰囲気を変えてみたいという気持ちがあった。だから思い切って、知り合ったばかりの（当時の）新進イラストレーター、安西水丸さんに「どうですか、やってもらえませんか？」とお願いし、快諾していただいた。

僕もまだデビューしたてほやほやの作家で、これが最初の短編集だし、水丸さんもそれまで勤めていた会社をやめて、イラストレーターとして独立したばかりだった。たぶん文芸書（みたいなもの）の表紙を描くのもそれが初めてのことだったのではないかと思う。でも僕は水丸さんの絵が個人的に大好きだったし、そのセンスの良さに感心していたし、この人ならきっと本腰を入れて、良いものを描いてくれるはずだという確信を持っていた。そしてできあがった絵は予想に違わず、ほんとうに素晴らしいものだった。内容にもよく合っていた。あれは美しい本だった、と今でも思う。

それが文庫本になり、単行本の方はやがて——大方の単行本がそうなるように——実質的に絶版状態になってしまった。もちろん僕としては単行本でも文庫本でも、楽しんで読んでいただければそれでかまわないのだが、今回こうして『中国行きのスロウ・ボート』の単行本が、オリジナルのかたちで復刻されることになり、おかげで胸の奥が温まるような、ほんのりとした気持ちを味わっている。単行本の『中国行きのスロウ・ボート』は均整のとれた美しい本だったし、美しい本というのは、それ自体で素敵なものだから。そしてそこには若き日の僕と、若き日の安西水丸さんの、それぞれの若い気持ちが込められているから。

ただひとつ残念なのは、水丸画伯がもう他界されてしまったことだ。この復刊を知ったら、ずいぶん喜んでくれたはずだし、きっとどこかで二人でささやかな祝杯をあげていたことと思うのだが。
畏友、安西水丸さんのご冥福を祈る。

二〇二四年一月

装幀　安西水丸

村上春樹作品集　中国行きのスロウ・ボート

本書には１９８０年春から１９８２年夏にかけて発表された七つの短編が年代順に収められている。長編を里程標にすると、「１９７３年のピンボール」の発表後に最初の四編が書かれ、「羊をめぐる冒険」のあとに後半の三編が書かれた。したがって「カンガルー通信」と「午後の最後の芝生」のあいだには一年近くのブランクがある。

これは僕にとっての最初の短編集である。

中国行きのスロウ・ボート

中国行きの貨物船《スロウ・ボート》に
なんとかあなたを
乗せたいな、
船は貸しきり、二人きり……

——古い唄

1

最初の中国人に出会ったのはいつのことだったろう？

この文章は、そのような、いわば考古学的疑問から出発する。様々な出土品にラベルが貼りつけられ、種類別に区分され、分析が行われる。

さて最初の中国人に出会ったのはいつのことであったか？

一九五九年、または一九六〇年というのが僕の推定である。どちらでもいい。どちらにしたところで違いなんてたいしてない。正確に言うなら、まるでない。僕にとっての一九五九年と一九六〇年は、不格好な揃いの服を着た醜い双子の兄弟のようなものである。実際のところタイム・マシーンに乗ってその時代に戻ることができたとしても、一九五九年と一九六〇年を見分けるためには僕はそうとう苦労しなくてはならないだろう。

それでもなお、僕の作業は辛抱強く続けられる。竪穴の枠が広げられ、僅かではあるが新しい出土品がその姿を現わし始める。

そう、それはたしかヨハンソンとパターソンがヘヴィー・ウェイトのチャンピオン・タイトルを争った年だった。とすれば、図書館に行って古い新聞年鑑のスポーツのページを繰ればいいわけだ。それで全ては終るはずだった。

翌朝、僕は自転車に乗って近くの区立図書館に出かけた。

図書館の玄関の脇にはどういうわけかにわとり小屋があり、小屋の中では五羽のにわとりが少し遅い朝食だか少し早い昼食だかを食べているところだった。とても気持の良い天気だったので僕は図書館に入る前に小屋の横の敷石に座り、煙草を一本吸うことにした。そして煙草を吸いながらにわとりたちが餌を食べているところをずっと眺めていた。にわとりたちはひどく忙しそうに餌箱をつついていた。彼らはあまりにもせかせかとしていたので、その食事風景は、まるでコマ数の少ない昔のニュース映画みたいに見えた。

その煙草を吸い終った時、僕の中で何かが確実に変化していた。なぜだかはわからない。しかしなぜだかはわからないままに、五羽のにわとりと煙草一本分の距離を隔てた新しい僕は、自分自身に向って二つの疑問を提出した。

まずひとつ、僕が最初の中国人に出会った正確な日付になんて誰が興味を持つ？

もうひとつ、日あたりの良い読書室の机に置かれた古い新聞年鑑と僕のあいだに、これ以上お互いに分かち合うべき何が存在するのか？

もっともな疑問だった。僕はにわとり小屋の前でもう一本煙草を吸い、それから自転車に乗って図書館とにわとりに別れを告げた。だから空を飛ぶ鳥が名を持たぬように、僕のその記憶は日付を持たない。

もっとも、たいていの僕の記憶は日付を持たない。僕の記憶力はひどく不確かである。それはあまりにも不確かなので、ときどきその不確かさによって僕は誰かに向って何かを証明しているんじゃないかという気がすることさえある。しかしそれが一体何を証明しているかということになると、僕にはまるでわからない。だいたい不確かさが証明していることを正確に把握するなんて、不可能なんじゃないだろうか？

とにかく、というか、そんな具合に、僕の記憶はおそろしくあやふやである。前後が逆になったり、事実と想像が入れかわったり、ある場合には僕自身の目と他人の目が混じりあったりもしている。そんなものはもう記憶とさえ呼べないかもしれない。だから僕が小学校時代（戦後民主主義のあのおかしくも哀しい六年間の落日の日々）をとおしてきちんと正確に思い出すことのできる出来事といっても、たったふたつしかない。ひとつはこの中国人の話であり、もうひとつはある夏休みの午後に行われた野球の試合である。その野球の試合で僕はセンターを守り、三回の裏に脳震盪を起こした。もちろん僕はなんの理由もなしに突然脳震盪を起こしたわけではない。我々のチームがその試合のために近所の高校のグラウンドの片隅しか使えなかったというのが、その日の僕の脳震盪の主な理由だった。つまり僕はセンター・オーバーの飛球を全速力で追っていて、顔面からバスケットボールのゴール・ポストに激突したのである。

目を覚ましたのは葡萄棚の下のベンチ、もう日は暮れかけ、乾ききったグラウンドにまかれた水の匂いと、枕がわりの新品のグローヴの皮の匂いが最初に僕の鼻をついた。そしてけだるい側頭部の痛み。僕は何かをしゃべったらしい。覚えてはいない。僕に付き添ってくれていた友達が、あとになって恥かしそうにそれを教えてくれた。僕はこう言ったらしいのだ。大丈夫、埃さえ払えばまだ食べられる。

そんな言葉が何処からでてきたものか、今だにわからない。おそらく夢でも見ていたのだろう。あるいはそれは給食のパンを運んでいる途中で階段から転がり落ちた夢であったのかもしれない。それ以外にその言葉から連想できる情景といってもまずないから。

僕はそれから二十年経った今でもときどき、この文句を頭の中で転がしてみる。大丈夫、埃さえ払えばまだ食べられる。

そしてそのことばを頭にとどめながら、僕は僕という一人の人間の存在と、僕という一人の人間が辿らねばならぬ道について考えてみる。そしてそのような思考が当然到達するはずの一点——死、について考えてみる。死について考えることは、少なくとも僕にとっては、ひどく茫漠とした作業だ。そして死はなぜかしら僕に、中国人のことを思い出させる。

2

港街の山の手にある中国人子弟のための小学校（名前をすっかり忘れてしまったので以後便宜的に中国人小学校と呼ぶことにする。妙な呼び方かもしれないが許してほしい）を訪れることになったのは、それが僕の受けた模擬テストの会場にあてられていたためだ。会場は幾つにも分かれていたのだけれど、僕の学校から中国人小学校に行くようにと指定されたのは僕一人きりだった。理由はよくわからない。おそらく何かの事務的な手違いがあったのだろう。クラスの連中はみんな近くの会場に指定されていたのだから。

中国人小学校？

僕は誰かれとなくつかまえては、中国人小学校について何か知らないかと訊ねまわってみた。誰ひとり何ひとつ知らなかった。わかったことといえば、その中国人小学校は僕たちの校区から電車で三十分もの距離にあるということだけだった。当時の僕は一人で電車に乗ってどこかに行くというようなタイプの子供ではなかったから、それは実際、僕にとっては世界の果てというにも等しいことであった。

世界の果ての中国人小学校。

二週間後の日曜日の朝、僕はおそろしく暗い気持で一ダースの新しい鉛筆を削り、指定されたとおりに弁当とスリッパをビニールの鞄に詰めた。天気の良い、少しばかり暖かすぎるほどの秋の日曜日だったが、母親は僕に分厚いセーターを着せた。僕は一人で電車に乗り、乗り越さぬようにとずっとドアの前に立ったまま外の風景に注意していた。

中国人小学校は、受験票の裏に印刷された地図を見るまでもなくすぐにわかった。スリッパと弁当箱で鞄をふくらませた一群の小学生のあとをついていけば、それでよかったわけだ。急な坂道を何十人、何百人という小学生が列を連ねて同じ方向に歩いていた。それは不思議といえば不思議な光景だった。彼らは地面にボールをつくわけでもなく、下級生の帽子をひっぱるでもなく、ただ黙々と歩いていた。彼らの姿は僕に何かしら不均一な永久運動のようなものを想起させた。坂道を上りながら、僕は分厚すぎるセーターの下で汗をかきつづけた。

僕の漠然とした予想に反して、中国人小学校の外見は僕の小学校と殆んど変らなかったばかりか、ずっと垢抜けさえしていた。暗く長い廊下、じっとりと黴臭い空気……二週間のあいだに僕が頭の中で勝手に膨らませていったそんなイメージは、何処にも見受けられなかった。洒落た鉄の扉をくぐると植込みに囲まれた石畳の道がゆるやかな弧を描きながら長く続き、玄関の正面では澄んだ池の水が午前九時の太陽を眩しく反射させていた。校舎に添って立木が並び、そのひとつひとつには中国語の説明板が吊るされていた。僕に読める字もあり、読めぬ字もあった。玄関の向うにはパティオのような形に、校舎に囲まれた四角い運動場があり、それぞれの隅には誰かの胸像や、気象観測用の白い小箱や、鉄棒があった。

僕は指示されたとおりに玄関で靴を脱ぎ、指示されたとおりの教室に入った。明るい教室には小綺麗なはねあげ式の机が正確に四十個並び、それぞれの机には受験番号を書いた紙片がセロテープで貼りつけられていた。僕の席は窓際の最前列、つまりはこの教室におけるいちばん若い番号だった。

黒板はまあたらしい深緑色、教壇の上にはチョークの箱と花瓶、花瓶の中には白い菊が一輪。何もかもが清潔で、きちんと整えられている。壁面のコルク・ボードには図画も作文も貼り出されてはいない。おそらく我々受験生の邪魔にならぬようにと、わざわざ取り外されたのかもしれない。僕は椅子に座り、机の上に筆箱と下敷を並べてから頬杖をついて目を閉じた。

答案用紙を小脇に抱えた監督官が教室に入ってきたのは十五分ばかり後のことだった。監督官は四十歳より上には見えなかったが、左足を床にひきずるように軽いびっこをひき、左手で杖をついていた。それは登山口の土産物屋にでも売っていそうな粗い仕上げの桜材の杖だった。そして彼のびっこのひき方があまりにも自然に見えたので、その杖の粗末さだけがいやに目立った。四十人の小学生たちは監督官の姿を見ると、というより答案用紙を見ると、しんと静まりかえった。

監督官は教壇にのぼると、まず答案用紙の束を机の上に置き、次にことりという音を立てて、その脇に杖を並べた。そして全ての席が欠員なく埋まっていることを確認すると、咳払いをひとつして、ちらりと腕時計を見た。それから体を支えるように机の端に両手をついたまま顔をまっすぐに上げ、しばらく天井の隅を眺めた。

沈黙。

十五秒ばかり、そのそれぞれの沈黙はつづいた。緊張した小学生たちは息をのんで机の上の答案用紙をみつめ、足の悪い監督官はじっと天井の隅を眺めていた。彼は淡い鼠色の背広に白いシャツ、それに見た次の瞬間には色も柄も忘れてしまいそうなほど印象の薄いネクタイをしめていた。彼は眼鏡をはずしてハンカチでゆっくりとレンズの両面を拭き、そしてもとに戻した。

「わたくしがこのテストの監督をいたします」。わたくし、と彼は言った。「答案用紙が配られましたら、机の上に伏せたままにしておいて下さい。決して表向けにしてはいけません。両手はきちんと膝の上に置いておきなさい。わたくしがはいと言ったら表を向けて問題にかかるように。終了の十分前になったら十分前と言います。つまらない間違いがないか、もう一度調べて下さい。次にわたくしがはいと言ったらそれでおしまいです。答案用紙を伏せて両手を膝の上に置くように。わかりましたね？」

沈黙。

「名前と受験番号を最初に書きこむことを、くれぐれも忘れないように」

沈黙。

彼はもう一度、腕時計を眺めた。

「さて、あと十分ばかり時間があります。そのあいだみなさんと少しばかりお話がしたい。気持を楽にして下さい」

ふう、という息が幾つか洩れた。

「わたくしはこの小学校に勤める中国人の教師です」


そう、僕はこのようにして最初の中国人に出会った。

彼はまるで中国人には見えなかった。けれど、これはまあ当然な話だった。これまで中国人に出会ったことなんて僕には一度もなかったのだから。

「この教室では」と彼は続けた。「いつもはみなさんと同じ年頃の中国人の生徒たちがみなさんと同じように一所懸命勉強しております。……みなさんもご存じのように、中国と日本は、言うなればお隣り同士の国です。みんなが気持良く生きていくためにはお隣り同士が仲良くしなくてはいけない。そうですね？」

沈黙。

「もちろんわたくしたち二つの国のあいだには似ているところもありますし、似ていないところもあります。わかりあえるところもあるでしょうし、わかりあえないところもあるでしょう。それはあなた方のお友だちのことを考えても同じことではないですか？　どんなに仲の良い友だちでも、やはりわかってもらえないこともある。そうですね？　わたくしたち二つの国のあいだでもそれは同じです。でも努力さえすれば、わたくしたちはきっと仲良くなれる、わたくしはそう信じています。でもそのためには、まずわたくしたちはお互いを尊敬しあわねばなりません。それが……第一歩です」

沈黙。

「例えばこう考えてみて下さい。もしあなた方の小学校にたくさんの中国人の子供たちがテストを受けに来たとしますね。今みなさんがやっているのと同じように、今度はみなさんの机に中国人の子供たちが座るわけです。そう考えてみて下さい」

仮定。

「月曜日の朝に、みなさんが学校にやって来ます。そして席に着きます。するとどうでしょう。机は落書きや傷だらけ、椅子にはチューインガムがくっついている、机の中の上履きは片方なくなっている。さて、どんな気がしますか？」

沈黙。

「例えばあなた」彼は実に僕を指さした。僕の受験番号が一番若いせいだった。「嬉しいですか？」

みんなが僕を見ていた。

僕は真赤になりながら慌てて首を振った。

「中国人を尊敬できますか?」

僕はもう一度首を振った。

「だから」と彼は正面に向きなおった。みんなの目も、やっと教壇の方向に戻った。「みなさんも机に落書きしたり、チューインガムを椅子にくっつけたり、机の中のものにいたずらしたりしてはいけません。わかりましたか?」

沈黙。

「中国人の生徒たちはもっときちんとした返事をしますよ」

はい、と四十人の小学生たちが答えた。いや三十九人。僕には口を開くことすらできなかった。

「いいですか、顔を上げて胸をはりなさい」

僕たちは顔を上げて胸をはった。

「そして誇りを持ちなさい」


二十年も昔の試験の結果なんて、今ではすっかり忘れてしまった。僕が思い出せるのは坂道を歩いていた小学生たちの姿と、あの中国人教師のことばだけだ。

それから六年か七年たった高校三年生の秋、ちょうど同じように気持の良い日曜日の午後、僕は同じ坂道をクラスメイトの女の子と歩いていた。僕は彼女に恋をしていた。彼女が僕をどう思っていたのかはわからない。とにかくそれは僕たちの最初のデートであり、二人で図書館に行った帰り途だった。僕たちは坂道のまん中あたりで喫茶店に入り、コーヒーを飲んだ。そして僕は彼女にその中国人小学校の話をした。僕が話し終ると彼女はクスクス笑った。

「不思議ね」と彼女は言った。「私も同じ日に同じ会場でテストを受けていたのよ」

「まさか」

「本当よ」彼女はクリームを薄いカップの縁にたらしながらそう言った。「でも教室は違ってたらしいわね。そんな演説はなかったもの」

彼女はスプーンを取り、カップをのぞきこむようにして何度かコーヒーをかきまわした。

「監督の先生は中国人だった?」

彼女は首を振った。「覚えてないわ。だってそんなこと考えつきもしなかったもの」

「落書きはした?」

「落書き?」

「机にさ」

彼女はカップの縁に唇をつけたまま、しばらく考えていた。

「さあ、どうかな、よく覚えてないわ」と彼女は言って微かに笑った。「昔のことだもの」

「でもさ、とても綺麗なピカピカの机だったじゃない。覚えてない?」と僕は訊ねた。

「ええ、そうね、そうだったかもしれないわね」と彼女はあまり興味なさそうに言った。

「なんていうか、すごくつるっていう感じの匂いがしてたんだ、教室じゅうにさ。うまく言えないけれど、本当に薄いヴェールみたいなさ。それで……」と言って、僕は右手でコーヒー・スプーンの柄を持って、少し考えた。「それから、机が四十個、ぜんぶピカピカだったんだ。黒板もとても綺麗な緑色でね」

我々はしばらく黙っていた。

「落書きしなかったと思う？　思い出せない？」と僕はもう一度訊ねた。「そう言われてみればしたような気がしないでもないけど、本当に思い出せないのよ」と彼女は笑いながら言った。「ねえ、そんなの昔のことだから……」

おそらく彼女の言ったことの方がまともなのだろう。何年も前にどこかの机の上に落書きしたかどうかなんて、誰も覚えてなんかいない。昔のことだし、それにどちらでもいいことなのだ。

彼女を家まで送り届けたあと、僕はバスの中で目を閉じて一人の中国人の少年の姿を思い浮かべてみた。月曜日の朝、自分の机の上に誰かの落書きを発見した中国人の少年のことを、である。

沈黙。

3

高校が港街にあったせいで、僕のまわりには結構数多くの中国人がいた。中国人といっても、べつに我々とどこかが変っているわけではない。また彼らに共通するはっきりとした特徴があるわけでもない。彼らの一人一人は千差万別で、その点においては我々も彼らもまったく同じである。僕はいつも思うのだけれど、個人の個体性の奇妙さというのは、あらゆるカテゴリーや一般論を超えている。

僕のクラスにも何人かの中国人がいた。成績の良いものもいれば良くないものもいたし、陽気なのもいれば無口なのもいた。ちょっとした豪邸に住んでいるものもいれば、日あたりの悪い六畳一間に台所といったアパートに住んでいるのもいた。様々だ。しかし僕は彼らのうちの誰かととくに親しくなるということはなかった。だいたい僕はあたりかまわず誰とでも親しくなるという性格ではない。相手が日本人だろうが中国人だろうが何だろうが、それは同じことだ。

彼らの一人とは十年ばかり後で偶然顔を合わすことになるのだが、それについてはもう少し先で語った方がいいと思う。

舞台は東京に移る。

順序からいけば――というのはつまり、あまり親しく口をきかなかったクラスメイトの中国人たちをのぞけば、ということだが――僕にとっての二人めの中国人は大学二年生の春にアルバイト先で知りあった無口な女子大生ということになるだろう。彼女は僕と同じ十九歳で、小柄で、考えようによっては美人といえなくもなかった。僕と彼女は三週間一緒に働いた。

彼女はとても熱心に働いていた。僕もそれにつられて熱心に働いたが、彼女の働きぶりを横で見ていると、僕の熱心さと彼女の熱心さはまったく質の違うものであるような気がした。つまり、僕の熱心さが「少なくとも何かをするのなら、熱心にやるだけの価値はある」という意味での熱心さであるのに比べて、彼女の熱心さはもう少し人間存在の根元に近い種類のものだった。うまく説明できないけれど、彼女の熱心さには、彼女のまわりのあらゆる日常性がその熱心さによって辛うじて支えられているのではないかといったような奇妙な切迫感があった。だからおおかたの人間は彼女と仕事のペースがあわなくて、途中で腹を立てた。最後まで喧嘩もせずに彼女と共同作業ができたのは僕一人だけだった。

とはいっても、僕と彼女とがとくに親しかったわけではない。僕と彼女が最初にまとめて口をきいたのは、一緒に働きはじめてから一週間ばかりたってからだった。彼女はその日の午後、三十分ばかり、一種のパニック状態におちいった。彼女がそんな風になったのははじめてのことだった。最初はほんの小さな手違いだったのだが、それが彼女の頭の中で少しずつ大きくなり、やがてとりかえしのつかない巨大な混乱へと姿を変えた。そのあいだじゅう彼女は一言も口をさかずに、その場にじっと立ちすくんでいた。彼女の姿は僕に、夜の海にゆっくりと沈んでいく船を思わせた。

僕は作業の一切をストップし、彼女を椅子に座らせ、握りしめた指を一本ずつほどき、熱いコーヒーを飲ませた。それから、何もまずいことはないんだと説明した。根本的な間違いではないし、間違ったところを最初からもう一度やりなおしても、それでたいして作業が遅れるわけではないのだ。コーヒーを飲んでしまうと、彼女は少しおちついたようだった。

「ごめんなさい」と彼女は言った。

「いいよ」と僕は言った。

それから我々は軽い世間話をした。彼女は自分が中国人だといった。

僕たちの仕事場は、小さな出版社の暗くて狭い倉庫だった。簡単で、しかもつまらない仕事だ。僕が伝票を受け取り、指示された冊数の本を抱えて倉庫の入口まで運ぶ。彼女がそれにロープをかけて台帳をチェックする。実にそれだけのことだった。おまけに倉庫には暖房装置のかけらもなかったので、凍死しないためには僕たちはいやがおうでもせわしなく働かざるを得なかった。

昼休みになると、僕たちは外に出て温かい昼食を取り、休みが終るまでの一時間を、体を暖めながら二人でぼんやりと新聞やら雑誌やらを読んで過した。時折、気が向くと話もした。彼女の父親は横浜で小さな輸入商を営んでおり、その扱う荷物の大半は、香港からやってくるバーゲン用の安い衣料品だった。中国人とはいっても、彼女は日本で生まれ、中国にも香港にも台湾にも行ったことはなく、彼女の通った小学校は日本の小学校で、中国人小学校ではなかった。彼女はある女子大に籍を置き、将来の希望は通訳になることだった。そして駒込にある兄のアパートに同居していた。あるいは彼女の表現を借りるなら、転がりこんでいた。父親とソリが合わなかったためだ。僕が彼女について知り得た事実は、ざっとそんなところだった。

その三月の二週間は、時折のみぞれまじりの冷ややかな雨とともに過ぎ去っていった。仕事の最後の日の夕方、経理課で給料を受け取ったあとで、僕は以前に何度か行ったことのある新宿のディスコティックに彼女を誘った。

五秒ばかり首をかしげてから、喜んで、と彼女は言った。「でも踊ったことなんてないのよ」

「簡単さ」と僕は言った。

僕たちはまずレストランに入ってビールとピザでゆっくり食事を済ませてから二時間ばかり踊った。ホールは心地よい暖かさに充ちて、汗の匂いと、誰かが焚いたらしい香の匂いが漂っていた。汗をかくと座ってビールを飲み、汗がひくとまた踊った。時折ストロボ・フラッシュが点滅した。ストロボの光の中の彼女は、古いアルバムの写真のように素敵だった。

何曲か踊ってから僕たちは店を出た。三月の夜の風はまだ冷ややかではあったけれど、それでもそこには春の予感が感じられた。体はまだあたたまっていたので僕たちはコートを手に持ったまま、あてもなく街を歩いた。ゲーム・センターをのぞき、コーヒーを飲み、そしてまた歩いた。春休みはまだ半分残っていたし、何にもまして僕たちは十九歳だった。歩け、と言われれば多摩川べりまでだって歩いたかもしれない。

時計が十時二十分を指したところで、そろそろ帰らなくちゃ、と彼女が言った。「十一時までに戻らなくちゃいけないのよ」

「ずいぶん厳しいんだね」

「ええ、兄貴がうるさいの」

「靴を忘れないようにね」

「靴？」五、六歩あるいてから彼女は恥かしそうに笑った。

「ああ、シンデレラね。大丈夫、忘れないわ」

僕たちは新宿駅の階段を上り、並んでベンチに腰を下ろした。

「また誘ってもいいかな？」

「ええ」彼女は唇を噛んだまま何度か肯いた。「かまわないわ、ちっとも」

僕は彼女の電話番号を訊ね、それをディスコティックの紙マッチの裏にボールペンで書きとめた。電車がやってきてそれに彼女を乗せ、おやすみと言った。楽しかったよ、どうもありがとう、またね。ドアが閉まり、電車が動き出すと僕は煙草に火を点け、緑色の電車がフォームの端に消えて行くのを見届けた。

僕は柱によりかかって、そのまま煙草を最後まで吸った。そして煙草を吸いながら、なぜだかはわからないけれど、気持が奇妙にぶれていることに気がついた。僕は靴の底で煙草を踏み消し、それからまた新しい煙草に火をつけた。様々な街の音が、淡い闇の中ににじんでいた。僕は目を閉じ、息を深く吸いこみ、頭をゆっくりと振った。それでも気持のぶれはもとに戻らなかった。まずいことは何もないはずだった。手際が良いというほどではないにしても、最初のデートにしては、僕は結構うまくやったはずだった。少なくとも手順はきちんとしていた。

しかしそれでも、僕の頭の中で何かがひっかかっていた。とても小さな何か、言葉にならない何かだった。何かがどこかで確実に損われてしまったのだ。僕にはそれがわかっていた。何かが損われてしまったのだ。

その何かに思いあたるまでに十五分かかった。十五分かけて、僕は自分が最後にひどい間違いをしてしまったことにやっと気づいた。馬鹿げた、意味のない間違いだった。しかし意味のないぶんだけ、その間違いはグロテスクだった。つまり僕は彼女を逆まわりの山手線に乗せてしまったのだ。

何故そんなことをしてしまったのか、わからなかった。僕の下宿は目白にあったのだから、彼女を同じ列車に乗せればそれで済んだはずのことだった。ビール？　あるいはそうかもしれない。それとも僕は自分のことで頭がいっぱいになりすぎていたのかもしれない。とにかく何かが間違った方向に流れてしまったのだ。駅の時計は十時四十五分を指していた。おそらく門限には間に合うまい。彼女が早く僕の間違いに気づいて逆まわりの電車に乗り替えない限り……。しかしそうはしないだろう、というのが漠然とした僕の予感だった。早く気づいたとしても、いや例えドアの閉まる前からそれに気づいていたとしても。


彼女が駒込駅に姿を見せたのは十一時を十分ばかりまわったところだった。階段のわきに立っている僕を見て彼女は力なく笑った。

「間違えちゃったんだ」僕は彼女と向き合うようにして、そう言った。彼女は黙っていた。

「何故かはわからないけれど、とにかく間違えちゃったんだ。どうかしてたんだよ、きっと」

「……………」

「それで待ってたんだ。君に謝ろうと思って」

彼女はコートのポケットに両手をつっこんだまま口をすぼめた。

「本当に間違えたの？」

「本当って……、もちろんさ。でなきゃこんなことになるわけないじゃないか？」

「わざとやったのかと思ったわ」

「僕が？」彼女が何を言おうとしているのか、僕にはよくわからなかった。「何故僕がそんなことをすると思う？」

「知らないわ」

彼女の声は今にも消え入りそうだった。僕は彼女の腕をとってベンチに座らせ、僕も並んで腰を下ろした。彼女は足を前にのばし、白い靴の先をじっと見ていた。

「何故、わざとやったと思ったの？」僕はもう一度そう訊ねてみた。

「怒ったのかと思ったのよ」

「怒る？」

「ええ」

「何故？」

「だって……、早く帰るって私が言ったから」

「女の子が早く帰るって言うたびに腹を立ててちゃ身が持たないよ」

「それとも私と一緒にいるのがつまんなかったのよ、きっと」

「まさか。誘ったのは僕の方じゃないか」

「でもつまんなかった。そうでしょう？」

「つまんなくなんかないよ。とても楽しかった。嘘じゃない」

「嘘よ。私と一緒にいたって楽しくなんかないわ。あなたが本当に間違えたんだとしても、それはあなたが心の底でそう望んでいたからよ」

僕はため息をついた。

「気にしなくてもいいのよ」と彼女は言った。「こんなのこれが最初じゃないし、きっと最後でもないんだもの」

彼女の瞳から涙が二粒あふれ、コートの膝に音を立ててこぼれた。

いったいどうすればいいものか、僕には見当もつかなかった。僕たちはそのままの姿勢でずっと黙っていた。電車が何台かやってきては乗客をはき出し、彼らの姿が階段の上に消えると、また静けさが戻った。

「お願い。もう私のことは放っておいて」

僕は何も言えずじっと黙っていた。

「本当にもういいのよ」と彼女は続けた。「正直言って、あなたといる時はとても楽しかった。こんなのって久しぶりだったの。だからとても嬉しかった。いろんなことがうまく行きそうにも思えたわ。山手線の逆まわりに乗せられた時だって、まあいいや、と思ったの。何かの間違いだろうってね。だけど……」彼女の声がつまり、涙の粒が彼女のコートの膝を黒く染めていった。「だけどね、電車が東京駅をすぎたあたりから、何もかもが嫌になっていっちゃったの。もうこんな目にあいたくない、もう夢なんて見たくないってね」

そんなに長く彼女がしゃべったのは、それがはじめてだった。彼女がしゃべり終えると、長い沈黙がまた僕たちのあいだに下りた。

「悪かったと思う」と僕は言った。冷ややかな夜の風が、夕刊をばらばらにほぐして、フォームの端まで運んでいった。

彼女は涙に濡れた前髪をわきにやって微笑んだ。「いいのよ。そもそもここは私の居るべき場所じゃないのよ」

彼女の言う場所がこの日本という国を指すのか、それとも暗黒の宇宙をまわりつづけるこの岩塊を指すのか、僕にはわからなかった。僕は黙って彼女の手を取って僕の膝にのせ、その上にそっと手をかさねた。彼女の手はあたたかく、内側が湿っていた。そのささやかな温かみが、僕の心に長いあいだ忘れられていた幾つかの古い思い出を呼び起こした。僕は思い切って口を開いた。

「ねえ、もう一度初めからやりなおしてみないか?……たしかに僕は君のことを殆んど何も知らない。でもね、もっと知りたいと思う。それにもっと君のことを知れば、もっと君を好きになれそうな気がするんだ」

彼女は何も言わなかった。彼女の指が僕の手の中で僅かに動いただけだった。

「きっとうまくやれると思う」僕はそう言った。

「本当に?」

「多分ね」と僕は言った。「約束はできない。でも努力するよ。それに、もっと正直になりたいと思う」

「私、どうすればいいのかしら?」

「明日会いたい。いいかい?」

彼女は黙って肯いた。

「電話するよ」

彼女は指先で涙の跡を拭ってから両手をコートのポケットに戻した。「……ありがとう。いろいろごめんなさい」

「君が謝ることなんてないさ。僕が間違えたんだ」

そしてその夜、僕たちは別れた。僕は一人ベンチに座ったまま最後の煙草に火を点け、その空箱を屑かごに投げた。時計はもう十二時近くを指していた。


僕がその夜に犯したふたつめの誤謬に気づいたのはそれから九時間もあとのことだった。それはあまりにも馬鹿げていて、あまりにも致命的な過ちだった。僕は煙草の空箱と一緒に、彼女の電話番号を控えた紙マッチまで捨ててしまったのだ。アルバイト先の名簿にも電話帳にも、彼女の電話番号は載っていなかった。それ以来彼女とは一度も会っていない。

彼女が僕の出会った二人めの中国人である。

4

三人めの中国人の話。

彼は前にも書いたように、僕の高校時代の知り合いである。友人の友人といったあたり。何度かは口をきいたことがある。

僕たちの出会いには殆んどドラマらしきものはない。それはリヴィングストンとスタンレーの出会いほどに劇的ではなく、山下大将とパーシヴァル中将の邂逅ほどに明と暗を分かつものではなく、シーザーとスフィンクスの邂逅ほどに栄光にも充ちておらず、あるいはまたゲーテとベートーヴェンの邂逅ほどに火花散るものでもなかった。

あえて歴史的事件（それが歴史的といえるかどうかははなはだ疑問ではあるのだが）に例をとるなら、昔、少年雑誌で読んだ太平洋戦争の激戦の島における二人の兵士の邂逅というのがいちばん近いかもしれない。一人は日本兵、一人はアメリカ兵である。原隊をはぐれた二人の兵士はジャングルの中の空地でぱったりと鉢あわせしてしまった。双方が銃をかまえる余裕もなくただ茫然としている時、一人の兵士（どちらだったか？）が突然二本指をあげてボーイ・スカウト式の敬礼をした。相手の兵士も反射的に二本指をあげてボーイ・スカウト式の答礼をした。そして二人は銃を下げたまま、黙ってお互いの原隊へと戻っていった。

僕は二十八になっていた。結婚以来六年の歳月が流れていた。六年のあいだに三匹の猫を埋葬した。幾つかの希望を焼き捨て、幾つかの苦しみを分厚いセーターにくるんで土に埋めた。全てはこのつかみどころのない巨大な都会の中で行われた。

それはまるで冷ややかな薄い膜に包み込まれたような十二月の午後であった。風こそなかったものの、空気はいかにも肌寒い。時折、雲間からこぼれる光も、街を覆った暗い灰色の影を追い払うことはできなかった。僕は銀行に出かけた帰り途、青山通りに面した静かなガラス張りの喫茶店に入り、コーヒーを注文し、買ったばかりの小説のページを操っていた。小説に飽きると目を上げて、通りを絶えることなく流れつづける車を眺め、そしてまた本を読んだ。

「やあ」とその男は言った。そして僕の名前を口にした。

「そうだよね」

僕は驚いて本から目を上げ、そうだと言った。彼の顔に見覚えはなかった。年の頃は僕と同じくらい、仕立ての良いネイビー・ブルーのブレザー・コートに、色のあったレジメンタル・タイというきちんとした身なりではあったけれど、何もかもが少しずつ擦り減りつつあるという印象を与えていた。顔立ちも同じようなものだった。きちんと整ってはいるものの、よく見ると何かが欠けている。彼の顔に浮かんでいる表情は、その場に応じて何処からかむりやりかき集めてきた断片の集積にすぎなかった。そんな感じがした。まにあわせのパーティーのテーブルに並べられた不揃いの皿。

「座っていいかな？」

「どうぞ」と僕は言った。他に言いようもない。彼は向かいあって腰を下ろすと、ポケットから煙草とライターを取り出し、火を点けるでもなくテーブルの上に置いた。

「思い出せない？」

「思い出せない」僕はそれ以上考えるのを放棄してあっさりとそう告白した。「悪いけどいつもそうなんだ。人の顔がうまく思い出せない」

「昔のことを忘れたがってるんだよ、それは。きっと潜在的にそうなんだね」

「そうかもしれない」と僕は認めた。たしかにそうかもしれない。

ウェイトレスが水を運んでくると、彼はアメリカン・コーヒーを注文した。うんと薄くして、と彼は言った。

「胃が悪くてね、本当は医者にコーヒーも煙草もとめられてるんだ」彼は非のうちどころのないさっぱりとした微笑みを口もとに浮かべたまま、しばらくテーブルに置いた煙草の箱をいじりまわした。「そうそう、ところでさっきの話のつづきだけどね、俺は君と同じ理由で、昔のことをひとつ残らず覚えてるんだよ。全く妙なものだよね。どうにも忘れようとすればするほど、ますますいろんなことを思い出してくるんだよ。困ったことにさ」

　僕は、意識の半分で一人きりの時間を邪魔されたことにうんざりし、それでも半分は彼の話術にひきこまれ始めていた。

「それも、実にありありと思い出すんだな。その時の天気から、温度から、匂いまでね。時々自分でもわからなくなるんだ。いったい本当の俺は何処に生きている俺だろうってね。そんな気がしたことあるかい？」

「ないね」そんなつもりはなかったのだけれど、僕のことばはひどく素気なく響いた。でも相手は少しも傷ついたようにはみえなかった。彼は楽しそうに何度か肯いてから話しつづけた。

「そういうわけで君のことも実によく覚えてるんだよ。通りを歩いていてガラス越しに一目見てすぐにわかったね。声をかけて迷惑だったかな？」

「いや」と僕は言った。「でも僕の方はどうしても思い出せないな。とても悪いとは思うんだけれど」

「悪くなんてないよ。こちらが勝手に押しかけたんだからね。気にしないでほしいな。思い出す時がくれば自然に思い出す。そんなもんだよ」

「名前を教えてもらえないかな。クイズはあまり好きじゃないんだ」

「クイズなんかじゃないよ。つまりね、今の俺には名前なんてないも同じなんだよ。たしかに昔は俺にもちゃんとした名前があったさ。まだ汚れていないピカピカのやつがね」彼はそこで気持良さそうに笑った。「まあそれを君が思い出すもよし、思い出さずともまたよし。正直言ってね、どちらにしたところで俺には殆んど関係ないんだよ」

コーヒーが運ばれ、彼はそれを美味くもなさそうにすすった。彼のことばの真意を僕はつかみかねた。

「余りにも多くの水が橋の下を流れた、ってね、高校時代の英語の教科書にあったな。覚えてるかい?」

高校時代?

「まったく十年もたてば実にいろんなことが変るものさ。もちろん今ある俺は十年前の俺があってこそ存在するわけなんだが、実感としてはどうもピンとこないね。どこかで俺自身の中身がすり変ったようでもある。どう思う?」

「わからないな」

彼は腕を組んで椅子に深く身を埋め、こんどはどうしたものかという表情を浮かべた。

「結婚してる?」彼はそのままの姿勢で僕にそう訊ねた。

「ああ」

「子供は?」

「いないよ」

「俺には一人いるよ。男の子でね」

子供の話はそれで終り、僕たちは黙り込んだ。僕が煙草をくわえると、彼がすぐライターで火を点けてくれた。

「ところで何の仕事してる？」

「ちょっとした商売さ」と僕は答えた。

「商売？」彼はしばらくぽかんと口をあけてからそう言った。

「たいしたものじゃないけどね」僕はそう言って口を濁した。

「でも驚いたな。君が商売をやってるなんてね。およそ向かないように見えたものなんだがな」

「そう？」と僕は言った。

「昔は本ばかり読んでたっけな」彼は不思議そうになおも続けた。

「まあ本なら今でも読んでるけどね」僕は苦笑しながらそう言った。

「百科事典は？」

「百科事典？」

「そう、持ってる？」

「いや」僕はわけのわからないまま首を振った。

「百科事典は読まない？」

「そりゃ、あれば読むだろうね」

「実はね、俺はいま百科事典を売って歩いてるんだ」

それまで心の半分を占めていたその男への興味が、一瞬のうちに消えた。僕はため息をついて煙草を灰皿でもみ消した。顔が少し赤くなったような気がした。

「欲しいことは欲しいんだけど、今は金がないんだ。借金をやっと返しはじめたばかりでね」

「おいおい、よせよ。恥かしがる必要なんて何もないよ。貧乏なのはこちらも同じことさ。共に同じ天を仰ぐってね、そんなところだよ。それに何も君に百科事典を売りつけようってわけでもない。実のところを言えば、俺は日本人には売らなくてもいいことになってるんだよ。なんていうか、取り決めでね」

「日本人？」

「そう、俺の場合は中国人専門なんだよ。電話帳で都内の中国人の家庭をピック・アップしてね、かたっぱしから戸別訪問するわけさ。誰が考えついたかは知らないけど、まあ上手いアイディアだよな。それに売れ行きだって悪くはないんだ。ドアのベルを押して名刺を出す。それだけさ。いわゆる同胞のよしみでね……」

何かが突然頭の中のキイをはじいた。

「思い出した！」

「本当？」

僕は思いあたった名前を口にした。高校時代の知り合いの中国人だった。

「何故中国人相手に百科事典なんて売り歩く羽目になったのかは自分でもわからない」

もちろん僕にもわからなかった。僕が覚えている限りでは彼は育ちも悪くはなかったし、成績だってたしか僕より上のはずだった。女の子にも人気のあった方だろう。

「とても長くて薄暗くて平凡な話なんだ。きっと聞かない方がいいよ」彼はそう言った。

僕は黙って肯いた。

「何故君に声なんてかけたのかな？ どうかしてたんだな、きっと。それとも生まれつき自己憐憫という能力に欠けているのかもしれない。まあなんにしても迷惑だったろう？」

「いや、いいんだ。迷惑なんかじゃない」僕たちはテーブル越しに目を合わせた。「またいつか会おう」

僕たちはしばらく黙り込んだ。僕は煙草の残りを吸い、彼はコーヒーの残りを飲んだ。

「さて、そろそろ行くとするか」と彼は煙草とライターをポケットにしまいこみながらそう言った。「あまり油を売ってもいられないんだ。他に売るものがあってね」

「パンフレットは持ってないのかい？」

「パンフレット？」

「百科事典のさ」

「ああ」ぼんやりと彼は言った。「今は持ってないな。見たい？」

「見たいね」

「じゃあ家に郵送しよう。住所を教えてくれないか？」

僕は手帳のページを破り、住所を書いて彼に渡した。彼はそれをきちんと四つに畳んで名刺入れにしまった。

「なかなか良い事典なんだ。カラー写真も多くてね。きっと役に立つよ」

「何年先になるかはわからないが、余裕ができたら必ず買うよ」

「そうなるといいね」彼は選挙ポスターのような微笑を再び口もとに浮かべた。「でもその頃には俺はもう百科事典とは縁を切っているかもしれない。今度は生命保険かな？　それも中国人相手のさ」

5

既に三十歳を越えた一人の男としてもう一度バスケットボールのゴール・ポストに全速力でぶつかり、もう一度グローヴを枕に葡萄棚の下で目を覚ましたとしたら、僕は今度は何と叫ぶのだろう？　わからない。いや、あるいはこう叫ぶかもしれない。おい、こ、ここは僕の場所でもない、と。

そう思いついたのは山手線の車内だった。僕はドアの前に立ち、切符をなくさないようにしっかりと手に握りしめたままガラス越しの風景を眺めていた。我らが街……、その風景は何故か僕の心を暗くさせた。都市生活者が年中行事のようにおちいるあのおなじみの、濁ったコーヒー・ゼリーのような薄暗闇である。どこまでもひしめきあって並ぶビルと住居、ぼんやりと曇った空。ガスをまきちらしながら列をなす車の群れ。狭く貧しい木造アパート（それは僕の住居でもある）の窓にかかった古い木綿のカーテン、そしてその奥にある無数の人々の営み。プライドと自己憐憫の限りない振幅。これが街だ。

それは車内に吊るされた一枚の広告と何ひとつ変りはしない。新しいシーズンのための新しい口紅に捧げられた一片のコピー。実体なんて何処にもない。空売りと空買いに支えられて膨張しつづける巨大な仲買人の帝国……

「そもそも」と彼女は言った。「ここは私のいるべき場所じゃないのよ」

中国。

僕は数多くの中国に関する本を読んだ。「史記」から「中国の赤い星」まで。それでも僕の中国は僕のための中国でしかない。あるいは僕自身である。それはまた僕自身のニューヨークであり、僕自身のペテルスブルグであり、僕自身の地球であり、僕自身の宇宙である。

地球儀の上の黄色い中国。これから先、僕がその場所を訪れることはまずないだろう。それは僕のための中国ではない。ニューヨークにもレニングラードにも僕は行くまい。それは僕のための場所ではない。僕の放浪は地下鉄の車内やタクシーの後部座席で行われる。僕の冒険は歯科医の待合室や銀行の窓口で行われる。僕たちは何処にも行けるし、何処にも行けない。

東京。

そしてある日、山手線の車輛の中でこの東京という街さえもが突然そのリアリティーを失いはじめる。……そう、ここは僕の場所でもない。言葉はいつか消え去り、夢はいつか崩れ去るだろう。あの永遠に続くようにも思えた退屈なアドレセンスが何処かで消え失せてしまったように。何もかもが亡び、姿を消したあとに残るものは、おそらく重い沈黙と無限の闇だろう。

誤謬……、誤謬というのはあの中国人の女子大生が言ったように（あるいは精神分析医の言うように）結局は逆説的な欲望であるのかもしれない。どこにも出口などないのだ。

それでも僕はかつての忠実な外野手としてのささやかな誇りをトランクの底につめ、港の石段に腰を下ろし、空白の水平線上にいつか姿を現わすかもしれない中国行きのスロウ・ボートを待とう。そして中国の街の光輝く屋根を想い、その緑なす草原を想おう。

だからもう何も恐れるまい。クリーン・アップが内角のシュートを恐れぬように、革命家が絞首台を恐れぬように。もしそれが本当にかなうものなら……

友よ、

友よ、中国はあまりにも遠い。

貧乏な叔母さんの話

1

そもそもの始めは七月のある晴れた午後だった。とびっきり気持の良い日曜日の午後だ。芝生の上に丸めて捨てられたチョコレートの包装紙でさえ、そんな七月の王国にあっては湖の底の水晶のように誇らし気に光り輝いている。不透明で優し気な光の花粉がはにかみながら、ゆっくりと地表に舞い下りていた。

僕は散歩の帰り、絵画館前の広場に腰を下ろし、連れと二人で一角獣の銅像をぼんやり見上げていた。梅雨が明けたばかりの爽かな風が緑の葉を震わせ、浅い池の水面に小さな波を立てていた。澄んだ水の底には錆びついたコーラの缶がいくつも沈み、それはずっと昔に打ち捨てられた街の廃墟を思わせた。揃いのユニフォームを着た何組もの草野球チームや、犬や貸自転車や、ジョギング・ショーツをはいた外人の青年が、池の縁に腰を下ろした僕たち二人の前を横切っていった。誰かが芝生の上に置いたラジオから、砂糖を入れすぎたコーヒーのような甘たるいポップソングが風に乗って微かに聞こえていた。失われた愛だとか、失われそうな愛だとかについての歌だ。太陽の光が僕の両腕に静かに吸い込まれていく。

そんな午後になぜ貧乏な叔母さんが心を捉えたのか、僕にはわからない。まわりには貧乏な叔母さんの姿さえなかった。それでもそのわずか何百分の一秒かのあいだ、彼女は僕の心の中にいたし、その冷やりとした不思議な肌ざわりはいつまでもそこに残っていた。

貧乏な叔母さん？

僕はもう一度あたりを見まわしてから、夏の空を見上げた。ことばは風のように、あるいは透明な弾道のように、日曜日の昼下がりの中に吸い込まれていた。始まりはいつもこうだ。ある瞬間には全てが存在し、次の瞬間には失われている。

「貧乏な叔母さんについて何かを書いてみたいんだ」僕は連れにむかってそう言ってみた。

「貧乏な叔母さん？」彼女は少しばかり驚いたようだった。彼女はその『貧乏な叔母さん』ということばを小さな手のひらに載せて何度か転がしてから、よくわからないといった風に肩をすぼめた。「どうして貧乏な叔母さんなの？」

どうしてかなんて、僕にもわかりはしない。小さな雲の影みたいに何かがふと僕の中を通りすぎていった、それだけのことだ。

「ただそう思ったのさ。なんとなくね」

僕たちは長いあいだ、ことばを探してずっと黙り込んでいた。地球の回転する優しい音だけが、僕と彼女の心を結んでいた。

「あなたが貧乏な叔母さんの話を書くの？」

「そう。僕が貧乏な叔母さんの話を書くんだ」

「そんな話、誰も読みたがらないかもしれない」

「そうかもしれない」と僕は言った。

「それでも書いてみたいのね？」

「仕方ないんだ」と僕は弁解した。「うまく説明できないけどね。……たしかに僕は間違ったひきだしを開けちまったのかもしれない。でもね、結局のところ、ひきだしを開けたのは僕なんだ。つまりは、そういうことさ」

彼女は黙って微笑んだ。僕はポケットからくしゃくしゃになった煙草をひっぱり出して火を点ける。

「ところで」と彼女が言った。「あなたの親戚に貧乏な叔母さんはいる？」

「いや」と僕は言った。

「私の身内には貧乏な叔母さんが一人いるの。まったくの本物よ。何年か一緒に暮したこともある」

「うん」

「でも私は彼女について何も書きたくなんかない」

トランジスタ・ラジオが違った歌を流し始めた。世の中はきっと失われた愛や、失われそうな愛で充ちているのだろう。

「さて、あなたには貧乏な叔母さんなんて一人もいない」と彼女はことばを続けた。「それでも貧乏な叔母さんについて何かを書いてみたいと思う。不思議だと思わない？」

僕は肯く。「何故なんだろう？」

彼女は少し首をかしげただけで、それには答えなかった。彼女は後を向いたまま、細い指先を長いあいだ水の中に泳がせていた。まるで僕の質問が彼女の指先をつたって水底の廃墟に吸い込まれていくような気がした。きっと今でもあの池の底には僕のクェスション・マークが、丁寧に磨きこまれた金属片のようにきらきらと光りながら沈んでいるに違いない。そしておそらく、まわりのコーラ缶にむかって同じ質問を浴びせかけていることだろう。

何故？　何故？　何故？

「私にはわからないわ」ずいぶんあとで彼女はぽつんとそう言った。

僕は頬杖をつき、煙草を口にくわえたままもう一度一角獣の銅像を見上げる。二頭の一角獣はどこかに置き去りにされた時の流れにむけて、苛立たしげに四本の前足を振り上げていた。

「私にわかっているのは、人は頭の上にお盆を載せたまま空を見上げることはできないってことだけ」と彼女は言った。「あなたのことよ」

「もう少し具体的に言ってもらえないかな」

彼女は水につけていた指をシャツの裾で何度か拭ってから正面を向いた。「今のあなたには何ひとつ救えないいんじゃないかって気がするのよ。何ひとつね」

僕はため息をついた。

「ごめんなさい」

「いや、いいんだ」と僕は言う。「きっと今の僕には安物の枕ひとつ救えないのかもしれない」

彼女はもう一度微笑んだ。「それにあなたには貧乏な叔母さんさえいない」

そうなんだ、僕には／貧乏な叔母さんさえいない……

これはまるで歌の文句のようだな。

2

あなたの身内にだってやはり貧乏な叔母さんはいないかもしれない。とすれば僕とあなたは「貧乏な叔母さんを持たない」という共通項を持つことになる。不思議な共通項だ。まるで静かな朝の水たまりみたいな共通項だ。

けれどもあなただって誰かの結婚式で、貧乏な叔母さんの姿くらいは見かけたことがあるだろう。どんな本棚にも長いあいだ読み残された一冊の本があるように、どんな洋服ダンスにもほとんど袖をとおされたことのない一着のシャツがあるように、どんな結婚式にも一人の貧乏な叔母さんがいる。

彼女はほとんど誰にも紹介されないし、ほとんど誰からも話しかけられない。スピーチを求められることもない。彼女は古い牛乳瓶みたいにテーブルの前にきちんと腰を下ろしているだけだ。頼りなげな小さな音を立ててコンソメ・スープを飲み、フィッシュ・フォークでサラダを食べ、いんげん豆をすくいそこね、最後にはアイスクリーム・スプーンが足りないという有様だ。彼女の贈ったプレゼントは運が良ければ押入れの奥に仕舞い込まれているはずだし、運が悪ければ引越しの折りにほこりだらけのボーリング・トロフィーと一緒に捨て去られたはずだ。

時折ひっぱり出される結婚式のアルバムにも彼女は写ってこそいるものの、その姿は程度の良い溺死体さながらどことなく心許ない。

ここに写っている女の人はだあれ？　ほら、この二列めの眼鏡をかけた……、

ああ、なんでもないよ、と若い夫は答える、ただの貧乏な叔母さんさ。

彼女には名前はない。ただの貧乏な叔母さん、それだけだ。

もちろん、名前なんていつかは消える、と言うことだってできる。

しかし、そこにはいろんな消え方があるはずだ。まず最初に、死ぬと同時に名前の消えてしまうタイプ。これは簡単だ。「川は涸れ、魚は死に絶えた」、あるいは「炎は森を覆い、鳥たちは焼き尽された」……我々は彼らの死を悼む。次に古くなったテレビみたいに、死んだあとも白い光が画面の上をチラチラとさまよい、そしてある日突然プツンと消えてしまうタイプ。これも悪くはない。道に迷ったインド象の足あとのようではあるけれど、たしかに悪くはない。そして最後にもうひとつ、死ぬ前から既に名前が消えてしまっているタイプ、つまりは貧乏な叔母さんたちだ。

しかし僕だって時折、このような貧乏な叔母さん的な名前喪失状態に陥ることがある。ターミナルの夕方の雑踏の中で、自分の行く先や名前や住所が頭の中からぽっかりと消えてしまう。もちろん本当に短いあいだ、五秒か十秒のことだけれど。

こんなこともある。

「あなたの名前がどうしても思い出せないんですよ」と誰かが言う。

「いいんですよ、気にしないで。だいいち、それほどたいした名前でもないんだから」

彼は自分の喉ぼとけを何度も指さす。「いやあ、ここまで出かかっているんだけどな」

そんな時、僕は自分が土の下に埋められていて、左足の先だけを地面に突き出しているような気分になる。誰かが時たまそれにつまずき、そして謝りはじめる。いや、失礼、でもここまで出かかっているんだけどな……

さて、それでは失われた名前はいったいどこに姿を消してしまうのだろう？　この迷路のごとき都市にあっては、彼らの生き延びる確率はおそらく極めて低いものであるに違いない。彼らのあるものは輸送トラックにひかれて路上でぺしゃんこになり、あるものはただ小銭の持ちあわせがないというだけの理由で電車にも乗れずにのたれ死に、あるものはポケットいっぱいのプライドとともに深い川に沈んだことだろう。

しかしそれでも、彼らのうちの何人かはうまく生き延びて失われた名前の街に辿りつき、そこにひっそりとしたコミュニティーを築きあげたかもしれない。小さな、本当に小さな街だ。そしてその入口にはきっと、こんな看板が立っていることだろう。

無用のもの、立ち入るべからず。

用なくして立ち入ったものは、もちろんそれなりのささやかな報いを受けることになる。

*

あるいはそれは、僕のために準備されたささやかな報いであったのかもしれない。僕の背中には小さな貧乏な叔母さんが貼りついていた。

彼女の存在に最初に気づいたのは八月の半ばだった。何かがあって気づいたというわけではない。ただ、ふと感じただけのことだ。僕の背中に貧乏な叔母さんがいる、と。

それは決して不快な感覚ではなかった。たいした重さではないし、耳のうしろに臭い息を吐きかけるわけでもない。彼女は漂白された影のように僕の背中にぴたりと貼りついているだけだった。よほど注意しなければ、貼りついていることさえ他人にはわかるまい。同居している猫たちもはじめの二三日こそ彼女を胡散臭い目で眺めていたが、彼女の方に自分たちのテリトリーを乱す意志のないことがわかると、すぐにその存在に慣れてしまった。

何人かの友人たちは落ちつかない様子だった。向かいあって酒を飲んでいる最中に、僕の背後から彼女が時折ちらりと顔をのぞかせるからだ。

「どうも落ちつかないな」

「気にするなよ」と僕は言った。「これといって害もないんだから」

「いや、そりゃわかってるんだ。でもね、なんだか辛気臭くってさ」

「うん」

「いったいどこでそんなもの背負いこんできたんだ?」

「どこでもないさ」と僕は言った。「ただね、いろんなことをずっと考えてたんだ。それだけさ」

彼は肯いて、ため息をついた。「わかるよ。昔からそういう性格だったものな」

「うん」

僕たちは気のりのしないままに一時間ばかりウィスキーを飲みつづけた。

「ねえ」と僕は質問した。「いったいどこがそんなに辛気臭いんだ?」

「つまりさ、どうもお袋にのぞかれているような気がするんだ」

「なぜだろう?」

「なぜって……」と彼は困ったように言った。「君の背中に貼りついているのがうちの母親だからさ」


何人かのそういった印象を綜合してみると（僕自身には彼女の姿を見ることはできなかったから）、僕の背中に貼りついているのはひとつの形に固定された貧乏な叔母さんではなく、見る人のそれぞれの心象に従ってそれぞれに形作られる一種のエーテルの如きものであるらしかった。

ある友人にとっては、それは昨年の秋に食道ガンで死んだ秋田犬であった。

「十五歳でね、もうよぼよぼの年寄りだったな。でもなんにしても食道ガンなんてね、可哀そうなもんさ」

「ショクドウガン?」

「そう、食道にできたガン。つらいんだぜ。俺もあれだけはごめんだな。毎日ヒイヒイ泣いてたよ。でも声だってロクに出やしない」

「うーん」

「よほど安楽死させようかとも思ったんだが、お袋が反対してね」

「どうして？」

「さあ知るもんか。きっと自分の手を汚したくはなかったんだろう」彼は面白くもなさそうにそう言った。「とにかく二カ月ばかり点滴で生きたよ。物置の床でね。地獄さ」

そこで彼はしばらく口をつぐんだ。

「たいした犬じゃなかったんだ。臆病なもんで人を見りゃ鳴くし、何の役にも立たなかった。うるさいばかりでね、皮膚病にもかかったしさ」

僕は肯いた。

「いっそ犬じゃなくて蟬にでも生まれた方が本人にとっても幸せだったかもしれないな。いくら鳴いても嫌がられないし、食道ガンにかかることだってなかったんだから」

しかし彼女はあいかわらず犬で、口からプラスチックのチューブをつき出したまま僕の背中に貼りついていた。


ある不動産業者にとっては、それはずっと昔の小学校の女教師であった。

「昭和二十五年、たしか朝鮮の戦争の始まった年ですよ」彼は厚いタオルで顔の汗を拭きながらそう言った。「二年間私のクラスを受け持っていたんですが、どうもなつかしいな。なつかしいというか、実はほとんど忘れちまってたんだけど」

彼は僕のことをその女教師の親戚か何かだとでも思いこんだような様子で、僕に冷たい麦茶をすすめてくれた。

「考えてみれば気の毒な人だったな。結婚した年に御主人が兵隊に取られてね、輸送船で運ばれる途中でドカン、それが十八年のことかな。彼女はそのまま小学校で教えていたんだが、翌年の空襲で火をかぶったということでね。左の頬から左腕にかけてですよ」彼は指先で左頬から左腕に長い線を引いてから自分の麦茶を一口で飲み干し、またタオルで汗を拭った。「綺麗な人だったらしいんですが、可哀そうにね……、なんだか性格まで変っちゃったということですよ。生きていればもう六十に近いでしょうね。昭和二十五年か……」


このように街角の地図が、結婚式の座席表が形作られていく。僕の背中を中心に、貧乏な叔母さんの輪が少しずつ広がっていく。

しかしそれと同時に僕のまわりから一人また一人と、まるで櫛の歯が抜けるように友人たちが去っていった。

「あいつ自身は悪いやつじゃないんだけれど」と彼らは言った。「ただ会うたびに辛気臭いお袋（あるいは食道ガンで死んだ老犬、あるいはやけどのあとの残った女教師）の顔を見せられるのはどうもね」

僕はなんだか自分が歯医者の椅子にでもなってしまったような気がしたものだった。誰も僕を責めるわけではないし、誰も僕を憎んでいるわけではない。それでもみんなは僕を避け、どこかで偶然顔をあわせてももっともらしい理由をみつけてはすぐに姿を消すようになった。あなたと二人でいるとどうも気づまりなのよ、と一人の女の子は正直に言った。

僕のせいじゃないよ。

わかってるわ、彼女はそう言って具合悪そうに笑った。もしあなたの背負っているのが傘立てか何かだとしたらまだ我慢できると思うんだけれど……。

傘立て。

まあいいさ、と僕は思う。もともと人づきあいは苦手な方だし、何にせよ傘立てを背負って生きていくことを思えば、今の方がずっとましじゃないか。

そのかわり、僕はいくつかの雑誌の取材につきあわされる羽目になった。彼らは一日おきにやってきて僕と叔母さんの写真を撮り、彼女の姿がうまく写らないといっては腹を立て、見当違いな質問を山と浴びせかけて帰っていった。もっとも僕自身はそんな記事が載った雑誌なんて開きもしない。読んでいたらきっと首をくくりたくなったことだろう。

テレビのモーニング・ショーにだって出たことがある。朝の六時にたたき起こされて車でスタジオに運ばれ、得体のしれないコーヒーを飲まされた。司会者は向う側が透けて見えそうな中年のアナウンサーだ。きっと一日に六回くらいは歯を磨くのだろう。

「それでは今朝のゲストの……さんです」

拍手。

「おはようございます」

「おはようございます」

「えー、……さんはふとしたことで背中に貧乏な叔母さんを背負うことになられたわけですが、そのあたりの経過とか御苦労話をひとつ……」

「実は苦労というほどのものでもないんです」と僕は言う。「重いわけでもないし、飲みくいするわけでもありませんから」

「それでは肩こりということも……」

「ありませんね」

「いつごろから、つまり、そこに貼りついちゃったわけですか？」

僕は一角獣の銅像のある広場の話を手短かにしてはみたが、司会者は意味がうまく呑みこめないようであった。

「つまりですね」と彼は咳払いしてから言った。「あなたがお座りになった池の中に、その貧乏な叔母さんがひそんでいて、あなたの背中にとりついたというわけですか」

僕は首を振った。結局みんなが求めているのは笑い話か二流の怪談なんだ。

「貧乏な叔母さんは幽霊じゃないんです。どこにもひそんじゃいないし、誰にもとりついたりはしない。それはいわばただのことばなんです」僕はうんざりしながらそう説明した。「ただのことばです」

　誰もひとことも口をきかなかった。

「つまりことばというのは意識に接続された電極のようなものだから、それを通して同じ刺激を継続的に送っていればそこに必ず何かしらの反応が生じるわけです。もちろん個人によってその反応の種類はまったく違うわけだけれど、僕の場合のそれは独立した存在感のようなものなんです。ちょうど口の中で舌がどんどん膨らんでいくような気分ですよ。僕の背中に貼りついているのも、結局は貧乏な叔母さんということばなんです。そこには意味もなきゃ形もない。あえて言うなら、それは概念的な記号のようなものです」

　司会者はなんだか困ったような顔をした。「意味もなきゃ形もないとおっしゃいますが、私たちは現にあなたの背中にはっきりと何かしらの姿を見ることができますし、それは我々にそれぞれの意味を生じさせるわけなのですが」

　僕は肩をすくめた。「記号とはそういったものでしょう」

「だとすれば」と若い女性アシスタントが状況を打破するべく質問した。「消そうと思えば、御自分の意志でそのイメージなり存在なりは自由にお消しになれるわけですね」

「それは無理です。一度生じたものは僕の意志とは関係なく存在しつづけるのです」

　若い女性アシスタントは納得しかねる様子で質問をつづけた。

「例えばですね、さっきおっしゃったことばを概念的な記号化するという作業は私にも可能なものなのでしょうか」

「可能です」と僕は答えた。

「もし私が」とそこで司会者が口をはさんだ。「仮に概念的ということばを毎日何度も繰り返したとしますね。すると私の背中には概念的の姿がいつか現われるかもしれませんよね」

「たぶんね」

「概念的ということばの概念的な記号化が行われるわけですね」

「そのとおりです」スタジオの強いライトのせいで僕の頭は痛み始めていた。

「ところで概念的というのはいったいどのような格好をしているものなのでしょうか」

わからない、と僕は言った。それは僕の想像力を越えた問題であったし、僕は貧乏な叔母さんひとりを抱えているだけでもう充分だったからだ。


もちろん世界の全ては道化だ。誰がそれを逃れることができるだろう？　強いライトに照らし出されたテレビ局のスタジオから、暗い森の奥の隠者の庵まで、何ひとつ変りはしない。僕は背中に貧乏な叔母さんを背負ったまま、そんな世界を歩みつづけた。もちろん僕はそんな道化の世界の中でもとびっきりの道化だ。なにしろ貧乏な叔母さんを背負っているわけなのだから。おそらくあの女の子が言ったように、僕はいっそのこと傘立てでも背負うべきだったのだろう。そうすれば人々は僕を仲間に加えてくれたかもしれない。僕は一週おきにその傘立ての色を塗りかえ、あらゆるパーティーに顔を出したことだろう。

「やあ、今週の傘立ての色はピンクだね」と誰かが言う。

「そうなんだ」と僕は答える。「だって今週はピンクの傘立て風の気分なんだもの」

可愛い女の子たちだって声をかけてくれたかもしれない。「ねえ、あなたの傘立てってとても素敵よ」

ピンク色の傘立てを背負った男とベッドに潜り込むことは、彼女たちにとってもきっと素晴しい経験になったことだろう。

しかし残念なことに僕の背負ったのは傘立てではなく、貧乏な叔母さんだった。時が経つにつれ、人々の僕や僕の背負った叔母さんに対する興味はどんどん薄らいでいった。そしてついには少しばかりの悪意だけを残してすっかり消え失せてしまった。結局のところ（僕の連れが言ったように）誰も貧乏な叔母さんになんて興味を抱きはしない。当初の少しばかりの物珍しさがその辿るべき道を辿って消えてしまえば、あとには海の底のような沈黙しか残らなかった。それは僕と貧乏な叔母さんが一体化してしまったような沈黙だった。

3

「あなたの出たテレビ番組を観たわよ」と僕の連れが言った。

僕たちは前と同じ池の縁に腰を下ろしていた。彼女に会うのは三ヵ月ぶり、今はもう秋の始めだ。

「少し疲れていたみたいね」

「そうだね」

「あまりあなたらしくなかったわ」

僕は肯いた。

彼女は膝の上で長袖のトレーナー・シャツを何度も折り畳んでいた。

「あなたもとうとう自前の貧乏な叔母さんが持てたらしいわね」

「らしいね」

「どう、どんな気分？」

「井戸の底に落ちた西瓜みたいな気分だよ」

彼女は膝の上にきちんと畳まれた柔かいトレーナー・シャツを、まるで猫のように撫でながら笑った。

「彼女について何かわかってきた？」

「少しずつね」

「それで、幾らかは書けたの？」

「いや」と僕は小さく首を振った。「まるで書けない。もう、ずっと書けないかもしれない」

「弱気なのね」

「なんだか小説を書く意味なんて何もないような気がするんだ。君がいつか言ったように、僕に何ひとつ救えないんだとしたらね」

彼女は唇を噛んだまましばらく黙っていた。

「ねえ、私に何か質問してみて。少しは役に立てるかもしれないわ」

「貧乏な叔母さんの権威として？」

「そうよ」

どこから手をつければいいのか、思いつくまでに時間がかかった。

「時々、いったいどんな人間が貧乏な叔母さんになるんだろうって考えるんだ」と僕は言った。「貧乏な叔母さんというのは生まれながらに貧乏な叔母さんなんだろうか、それとも貧乏な叔母さん的な状況というのが蟻地獄みたいに街角にぽっかりと口を開けていて、通りかかった人々を呑み込んでは片端から貧乏な叔母さんに変えてしまうんだろうかってね」

「きっとそのどちらも同じことなのよ」と彼女は言った。

「同じこと？」

「うん。つまりね、貧乏な叔母さんには貧乏な叔母さん的な少女時代があり、青春があったかもしれない。あるいはなかったかもしれない。でも、それはどちらでもいいことなのよ。世の中はきっと何百万っていう数の理由であふれてるのよ。生きるための何百万もの理由、死ぬための何百万もの理由、そんなもののひと山いくらで手に入るわ。でも、あなたの求めているのはそんなものじゃないんでしょ？」

「そうだね」と僕は言った。

「彼女は存在するのよ、それだけ」彼女はそう言った。「あとはあなたがそれを受け入れるかどうかってこと」

僕たちは何も言わずに、そのままの姿勢でずっと池の縁に腰を下ろしていた。透明な秋の光が、彼女の横顔に小さな翳を作っていた。

「ねえ、あなたの背中に何が見えるかって私に質問してくれないの？」

「僕の背中に何が見える？」

「何も見えないわ」と彼女は微笑んで言った。「あなたしか見えない」

「ありがとう」と僕は言った。

もちろん時は全ての人々を平等にうちのめしていくのだろう。まるで路上で死ぬまで老馬をうちすえるあの御者のように。しかしそれはおそろしく静かな打擲であるから、自らが打たれていることに気づくものは少ない。

＊

それでも僕たちは貧乏な叔母さんという、いわば水族館のガラス窓をとおして、そんな時の跳梁ぶりを目のあたりに見ることができる。狭苦しいガラス・ケースの中で、時はオレンジみたいに叔母さんをしぼりあげていた。汁なんてもう一滴も出やしない。

僕をひきつけるのは、彼女の中のそんな完璧さだ。

もう本当に一滴だって出やしないんだよ！　いい、いい、いい、いい、いい、いい、

そう、完璧さがまるで氷河に閉じこめられた死体のように、叔母さんの存在の核の上に腰を下ろしている。ステンレス・スティールみたいな立派な氷河だ。おそらく一万年の太陽にしかその氷河を溶かすことはできないだろう。しかしもちろん貧乏な叔母さんが一万年も生きるわけはないから、彼女はその完璧さとともに生き、その完璧さとともに死に、その完璧さとともに葬られることになる。

土の下の完璧さと叔母さん。

さて一万年ののちに闇の中で氷河は溶け、完璧さは墓を押しあけるように地表にその姿を現わすことになるかもしれない。きっと地表の様はすっかり変り果てていることだろう。しかしもしそこに依然として結婚式という儀式が存在していたとすれば、貧乏な叔母さんが残した完璧さはその席に呼ばれ、見事なテーブル・マナーでコースを終え、立ち上がって心のこもった祝辞を述べるかもしれない。

でもまあ、そんな話はよそう。結局のところそれは西暦一一九八〇年の出来事なのだから。

4

貧乏な叔母さんが僕の背中を離れたのは秋の終りだった。

冬がやって来るまでに済ませておかねばならない用事を思い出して、僕は貧乏な叔母さんとともに郊外電車に乗った。午後の郊外電車には数えるほどの乗客しか乗ってはいない。遠出をするのは本当に久し振りだったので、僕は飽きもせずにずっと窓の外の風景を眺めていた。空気はぴりっと澄みわたっていて、山は不自然なほど青く、線路ぎわの木々はところどころに赤い実をつけていた。

帰りの電車で通路を隔てた向いの座席に座ったのは三十代半ばのやせた母親と二人の子供だった。年上の女の子は幼稚園の制服らしい紺サージのワンピースを着て、赤いリボンのついた真新しいグレイのフェルト帽をかぶっていた。幅の狭い丸いつばは柔かなカーブを描きながら上にそり曲がり、帽子はまるで小さな動物のように彼女の頭の上でそっと休んでいた。母親と彼女にはさまれるようにして、三歳ばかりの男の子がいかにも退屈そうに腰を下ろしていた。どこの電車でも見かける平凡な親子連れだ。とくに美しくもなければとくに醜くもない。金持というほどでもないし、かといって貧乏なわけでもない。僕はあくびをひとつしてからもう一度頭の中をからっぽにすると、顔を横に向けたまま行きとは反対側の風景を眺めつづけた。

彼ら三人のあいだに何かが起こりはじめたのは十分ばかりあとのことだった。押し殺したような母娘の切れぎれな会話が僕をふと現実にひき戻した。時刻はもう夕暮に近く、古い車内灯が三人の姿を古い写真のように黄色く染めていた。

「だってママ、私の帽子が……」

「もうわかったから大人しくしてらっしゃい」

女の子は口に出そうとしたことばを呑みこんだまま不服そうに黙った。まんなかに座った男の子が、さっきまで姉の頭に載っていた帽子を手にとって両手でぐいぐいと力まかせにひっぱっていた。

「ねえ、ぶって取り上げてよ」

「黙ってらっしゃいって言ったでしょ」

「だってもう、あんなにくしゃくしゃになっちゃって……」

　母親は男の子をちらりと眺めてから面倒臭そうにため息をついた。母親はきっと疲れているんだろう、と僕は想像した。月賦の支払いや歯医者の請求書やあまりに速く進みすぎる時間が夕暮の彼女をすっかり押し潰してしまったのだろう。

　男の子は帽子をひっぱりつづけていた。コンパスで描いたようなぴしりとした円型のつばは今では半分ばかり形が崩れ、わきについていた誇らしげな赤いリボンも男の子の手の中に丸めこまれていた。母親の無関心さが明らかに彼を増長させていた。彼がその作業に飽きるころには、それはおそらく帽子としての外観をもう留めてはいるまい、と僕は思う。

　女の子の方もしばらく思い悩んだ末に、僕と同じ結論に達したようだった。彼女は突然手を伸ばして弟の肩をつきとばし、相手がひるんだすきにさっと帽子をひったくると、弟の手の届かないシートの上に置いた。全ては一瞬のうちに行われたので、母親と弟がその行為の意味を理解するまでに深呼吸一回分の時間がかかった。弟が突然大声で泣き出し、それと同時に母親が平手で女の子の裸の膝をぴしゃりと打った。

「だってママ、この子の方が先に……」

「電車の中で騒ぐような子はもううちの子供じゃないからね」

　女の子は唇を噛んだまま顔を背け、シートの上の帽子をじっと睨みつづけていた。

「あっちに行ってらっしゃい」

母親は僕の隣りの空席を指さした。女の子は目をそらしたまま、まっすぐに伸びた母親の指を無視しようと試みたが、母親の指は空中に凍りついたままいつまでも僕の左わきをさしつづけていた。「さあ行きなさいよ。あんたはもううちの子じゃないんだからね」

女の子はあきらめたように帽子と鞄を手に取って席を立ち、ゆっくりと通路を横切り、僕の隣りに座って顔を伏せた。彼女は自分が本当に家庭から放逐されたのかどうか判断しかねている様子だった。彼女は膝のまんなかに載せた帽子のつばのしわを思いつめたようにひっぱりつづけていた。もし本当に追い出されたんだとしたら、と彼女は考えていた、私はこれからいったいどこに行けばいいんだろう？　そして彼女は僕の横顔を見上げる。でも本当に悪いのはあの子の方なんだ。だって私の帽子をこんなにくしゃくしゃにしちゃったんだもの……。うつむいた彼女の赤い頬を幾筋かの涙が下りていくのが見えた。

彼女は平凡な顔立ちの少女だった。おそらく彼女をとりまく平板さがまるで煙のように彼女の顔に浸み込んでしまったのだろう。ふっくらとした表情に漂うこの年代の少女特有の透明感も、思春期を迎えるころには鈍い肉づきの中にすっかり消え失せてしまうことだろう。僕には彼女のそんな姿を、帽子のしわを伸ばしながら少女から大人へと成長していく姿を想像することができた。

僕はガラス窓に頭をもたせかけたまま目を閉じて、これまでに巡り会ってきた何人かの女友だちの顔を思い浮かべてみた。そして彼女たちが残していった切れぎれな言葉や、なんでもない仕草や、涙や足首の形を思い浮かべてみた。彼女たちは今、いったいどのような人生を辿っているのだろう？　あるいは彼女たちの何人かは暗闇の中で逃げまどいながら夜の森の奥へ奥へと吸い込まれていく子供たちのように、知らず知らず暗い道を辿りつづけているのかもしれない。そんな漠然とした悲しみが、車内灯の黄色い光の中に蛾の銀粉のように舞っていた。僕は膝の上で両手を広げ、長いあいだふたつの手のひらを眺める。まるで何人もの血をたっぷり吸い込んだように、僕の手は暗く汚れていた。

僕は隣りでしゃくりあげている女の子の肩にそっと手を置いてみたかったのだけれど、僕の手はきっと彼女を怯えさせてしまうに違いない。僕の手はこのまま永遠に、もう誰ひとり救うこともできないのだろう。彼女の灰色のフェルト帽のつばをなおしてやることができないように。

電車を下りると、あたりにはもう冬の風が吹いていた。セーターの季節が終り、厚いコートの季節が街に近づいていた。

階段を下り改札を抜け、夕暮の郊外電車の呪縛、あの黄色い車内灯の呪縛からやっと僕は解き放たれる。不思議な気持だ。体の中から何かがすっぽりと抜け落ちてしまったような……。僕は改札口の脇の一本の柱にもたれかかったまま様々な色あいのそれぞれの殻にくるまれた人々の群れが、川の流れのように僕の前を通りすぎていくのをしばらく眺めていた。そして僕は突然気づく。貧乏な叔母さんが僕の背中からいつの間にか消え去っていることに。

彼女はやってきた時と同じように、誰に気取られることもなく僕の背中からそっと立ち去っていた。これからどこに行けばいいのか僕にはわからない。砂漠のまんなかに立った一本の意味のない標識のように僕はひとりぼっちだった。僕はポケットの小銭を洗いざらい公衆電話に放り込んで、彼女のアパートの番号を回した。八回ベルが鳴って、九回めに彼女が出た。

「寝てたのよ」と彼女はぼんやりした声で言った。

「夕方の六時に?」

「昨日《きのう》の夜から仕事がずっとつまっていてね、やっと片づいたのがつい二時間前なの」

「起こしちゃって悪かったな」と僕は言った。「ただ本当に君が生きているかどうか確かめたかったんだ。うまく説明できないんだけれど」

彼女は小さな声で笑った。

「生きてるわよ。生きつづけるために一所懸命働いて、おかげで眠くて死にそうよ。これでいい?」

「一緒に食事でもしないか?」

「悪いけど何も食べたくないの。今はただ眠りたい、それだけよ」

「君と話したかったんだ」

受話器の向う側で彼女が少し沈黙した。それとも欠伸をしただけのことなのかもしれない。

「あとでね」彼女はゆっくりと言葉を切るようにそう言った。

「どれくらいあとで？」

「とにかくあとよ。少し眠らせて。少し眠って起きれば、きっと何もかもうまくいくと思う。わかった？」

「わかった」と僕は言った。「おやすみ」

「おやすみなさい」

そして電話が切れた。僕は手に持った黄色い受話器をしばらくじっと眺めてから静かにもとに戻した。おそろしく腹が減ったような気がする。無性に何かが食べたかった。彼らが僕に何かを与えてくれるなら、僕は地面に這いつくばり、彼らの指までしゃぶるかもしれない。いいとも、僕は君たちの指をしゃぶろう。そしてそのあとで、雨ざらしの枕木みたいにぐっすりと眠ろう。

僕はターミナル・ビルの窓に寄りかかり、煙草に火を点けた。

もし、と僕は思う。もし一万年の後に貧乏な叔母さんたちだけの社会が出現したとすれば、僕のために彼女たちは街の門を開いてくれるだろうか？　そこには貧乏な叔母さんたちによって選ばれた貧乏な叔母さんたちの政府があり、貧乏な叔母さんたちがハンドルを握った貧乏な叔母さんたちのための電車が走り、貧乏な叔母さんたちの手によって書かれた小説が存在しているはずだ。

いや、彼女たちはそんなものを必要とは感じないかもしれない。政府も電車も小説も……。彼女たちは巨大な酢の瓶をいくつも作り、その中に入ってひっそりと生きることを望むかもしれない。空から眺めると、そんな瓶が何万本、何十万本と見渡す限り地表に並んでいることだろう。それはきっと素晴しい眺めであるに違いない。

そうだ、もしその世界に一片の詩の入り込む余地があるとすれば、僕は詩を書いてもいい。貧乏な叔母さんたちの桂冠詩人だ。

悪くはない。

僕は緑色のガラス瓶に照り映える太陽をうたい、その足もとに広がる朝露に光った草の海をうたおう。

しかし結局のところ、それは西暦一一九八〇年の話だ。そして一万年という時間は待つには余りに長い時間だ。それまでに僕は幾つもの冬を越えねばならない。

ニューヨーク炭鉱の悲劇

地下では救助作業が、
続いているかもしれない。
それともみんなあきらめて、
もう引きあげちまったのかな。

『ニューヨーク炭鉱の悲劇』
（作詞・歌／ビージーズ）

台風や集中豪雨がやってくるたびに動物園に足を運ぶという比較的奇妙な習慣を、十年このかた守りつづけている男がいる。僕の友人である。

台風が街に近づき、まともな人々がばたばたと雨戸を閉めたり、トランジスタ・ラジオや懐中電灯の具合を確かめたりする頃になると、彼はベトナム戦争がたけなわであった時代に手に入れた米軍放出品の雨天用ポンチョに身を包み、ポケットに缶ビールをつっこんで家を出る。

運が悪ければ、動物園の門は閉ざされていた。

本日天候不良のために休園致します。

それはまあ、もっともな理屈だった。いったい誰が台風の午後にキリンやしまうまを眺めるべく動物園にやってくるだろう？

彼は気持良くあきらめて門の前に並んだリスの石像に腰かけ、少し生ぬるくなった缶ビールを飲んでから家に引き上げた。

運が良ければ門は開かれていた。

彼は料金を払って中に入り、すぐにぐしょぐしょに濡れてしまう煙草を苦労して吸いながら、動物たちを一匹一匹丹念に見てまわった。

動物たちは獣舎にひっこんで窓からぼんやりとした目で雨を眺めていたり、強風の中を興奮してはねまわったり、急激な気圧の変化に怯えたり、腹を立てたりしていた。

彼はいつもベンガル虎の檻の前に座ってビールを一本飲み（台風についてはいつもベンガル虎がいちばん腹を立てていたからだ）、次にゴリラ舎の中で二本目のビールを飲んだ。ゴリラは殆んどの場合台風には無関心だった。半魚人のような格好でコンクリートの床に腰を下ろして缶ビールを飲んでいる彼の姿を、ゴリラはいつも気の毒そうな顔つきで眺めていた。

「まるで故障したエレベーターにたまたま二人で乗り合わせたって感じなんだよ」と彼は言った。


もっともそんな台風の午後をのぞけば、彼は至極まともな人物だった。たいして有名ではないが、こぢんまりとして感じの良い外資系の貿易会社に勤め、こざっぱりとしたアパートに一人で住み、半年ごとにガール・フレンドを取りかえた。いったいどんな理由からそれほどこまめにガール・フレンドを取りかえねばならぬのか、僕にはさっぱり理解できなかった。彼女たちはみんな細胞分裂でもしたみたいによく似ていたからだ。

多くの人々は何故か彼のことを平凡で鈍重であると必要以上に思い込もうとしていたが、彼には一向にそれが気にならないようだった。彼は程度の悪くない中古車を持ち、バルザックの全集を持ち、葬式に着ていくにはおあつらえむきの黒い背広と黒いネクタイと黒い革靴を持っていた。

誰かが死ぬたびに、僕は彼に電話をかけた。背広とネクタイと革靴を借りるためだ。背広と革靴は僕には一サイズずつ大きすぎたが、もちろん贅沢なんて言えた義理じゃない。

「申しわけない」といつも僕は言った。「また葬式なんだ」

「どうぞ、どうぞ」といつも彼は言った。


彼のアパートは僕の住居からタクシーで十五分ばかりの距離にあった。

彼の部屋に着くと、テーブルの上にはきちんとプレスされた背広とネクタイが既に揃えられ、靴は磨き上げられ、冷蔵庫には外国ビールが半ダース冷えていた。そういったタイプの男だった。

「このあいだ、動物園で猫を見たよ」と彼はビールの栓を抜きながら言った。

「猫？」

「うん、二週間ばかり前に出張で北海道に行ったんだけど、その時近所の動物園に入ってみたらさ、〈猫〉って札がかかった小さな檻があってね、その中に猫が寝ていた」

「どんな猫？」

「ごく普通の猫だよ。茶色の縞柄で、しっぽが短かくって、おそろしく太ってるんだ。それがただ、ごろんと横になって寝転んでいるわけさ」

「きっと北海道じゃ猫が珍しいのさ」と僕は言った。

「まさか」と彼は言った。

「だいいち、何故猫が動物園に入ってちゃいけないんだ?」と僕は質問してみた。「猫だって動物じゃないか」

「習慣なんだよ。つまり、猫や犬はありふれた動物だからね。わざわざ金を払って眺めるほどのものじゃない」と彼は言った。「人間と同じさ」

「なるほど」と僕は言った。


半ダースのビールを飲み終えると、彼は大きな紙袋に、ネクタイとビニール・カバーされた背広と靴箱をきちんと詰めてくれた。そのままピクニックにでもいけそうな気分だった。

「いつも悪いな」と僕は言った。

「気にするなよ」と彼は言った。

もっとも彼自身は三年前にその背広を作ったきり、殆んど袖を通したこともない。

「誰も死なないんだ」と彼は言った。「不思議なことなんだけど、この背広を作って以来誰一人として死なないんだ」

「きっとそういうものなのさ」

「まったくね」と彼は言った。

まったくのところ、それはおそろしく葬式の多い年だった。僕のまわりでは、友人たちやかつての友人たちが次々に死んでいった。まるで日照りの夏のとうもろこし畑みたいな眺めだった。28の歳である。

まわりの友人たちも、だいたいが同じような年齢だった。27、28、29……死ぬには何かしら不適当な歳だ。

☆

詩人は21で死ぬし、革命家とロックンローラーは24で死ぬ。それさえ過ぎちまえば、当分はなんとかうまくやっていけるだろう、というのが我々の大方の予測だった。

伝説の不吉なカーブ《デッドマンズ・カーブ》も通り過ぎたし、照明の暗いじめじめしたトンネルもくぐり抜けた。あとはまっすぐな六車線道路を（さして気は進まぬにしても）目的地に向けてひた走ればいいわけだ。

我々は髪を切り、毎朝髭を剃った。我々はもう詩人でも革命家でもロックンローラーでもないのだ。酔払って電話ボックスの中で寝たり、地下鉄の車内でさくらんぼを一袋食べたり、朝の四時にドアーズのLPを大音量で聴いたりすることもやめた。つきあいで生命保険にも入ったし、ホテルのバーで酒を飲むようにもなったし、歯医者の領収書をとっておいて医療控除を受けるようにもなった。

なにしろ、もう28だものな……。

予期せぬ殺戮が始まったのはその直後だった。不意打ちと言ってもいいだろう。我々はのんびりとした春の日ざしの下で、洋服を着替えている最中だった。なかなかサイズがあわなかったり、シャツの袖が裏がえしになっていたり、右足を現実的なズボンにつっこみながら左足を非現実的なズボンにつっこんでみたり、まあちょっとした騒ぎだ。

殺戮は奇妙な銃声とともにやってきた。

誰かが形而上的な丘の上に形而上的な機関銃を据え、我々にむけて形而上的な弾丸を浴びせかけているようだった。

しかし結局のところ、死は死でしかない。言い換えれば、帽子から飛び出そうが、麦畑から飛び出そうが、兎は兎でしかない。

高熱のかまどは高熱のかまどでしかなく、煙突から立ちのぼる黒い煙は、煙突から立ちのぼる黒い煙でしかない。

☆

現実と非現実（あるいは非現実と現実）のあいだに横たわるその暗い淵を最初にまたいだのは、

中学校の英語教師をしていた大学時代の友人だった。結婚して三年になり、妻は出産のために年末から四国の実家に帰っていた。

一月にしては暖かすぎる日曜日の午後、彼はデパートの金物売り場で象の耳でも切り落とせそうな西ドイツ製の剃刀と二缶のシェービング・クリームを買い求め、家に帰って風呂を沸かした。そして冷蔵庫から氷を出して、スコッチ・ウィスキーを一本空にしたあと、浴槽の中であっさりと手首を切って死んだ。

二日後に彼の母親が死体を見つけた。そして警察がやってきて何枚も現場写真を撮った。観葉植物の鉢植えをうまくあしらえば、トマト・ジュースのコマーシャルにでも使えそうな風景だった。

自殺、というのが警察の公式発表だった。家中に鍵がかかっていたし、だいいち当日剃刀を買ったのは死んだ本人なのだから。

しかし彼がいったいどんな目的で使う見込みもないシェービング・クリームを（それも二缶も）買ったのかは誰にもわからなかった。

自分があと何時間か後には死んでいるのだという思いにうまく馴染めなかったのかもしれない。それとも、デパートの店員が自分が自殺しようとしていることを見破るのを恐れたのかもしれない。

遺書も走り書きも、何もなかった。台所の机の上には、グラスと空のウィスキー瓶と氷を入れるボウル、それに二缶のシェービング・クリームだけが残されていた。

きっと彼は風呂が沸くのを待つあいだ、ヘイグのオン・ザ・ロックを何杯も何杯も喉の奥に流しこみながら、シェービング・クリームの缶をずっと眺めていたのだろう。そしてこんな風に考えたかもしれない。

俺はもう二度と髭を剃らなくてもいいんだ、と。

二十八歳の青年の死は、冬の雨のように何かしら物哀しい。

☆

それに続く十二か月のあいだに、四人の人間が死んだ。

三月にはサウジアラビアだかクウェートだかの油田事故で一人が死に、六月には二人が死んだ。心臓発作と交通事故である。七月から十一月まで、平和な季節が続いたあと、十二月の半ばに最後の一人がやはり交通事故で死んだ。

最初の自殺した友人を除けば、殆んどの連中は死を意識する暇もなくあっというまに死んでいった。上り慣れている階段をぼんやり上っていると踏み板が一枚はずれていた、そんな感じだ。

「布団を敷いてくれないかな」と一人の男は言った。六月に心臓発作で死んだ友人だ。

「頭の後でカタカタ音がするんだ」

彼は布団にもぐりこんで眠り、そして二度と目覚めなかった。

十二月に死んだ女の子がその年における最年少の死者で、同時に唯一の女性の死者でもあった。

二十四歳、革命家とロックンローラーの歳だ。

クリスマスを前にした冷ややかな雨が降る夕暮、ビール会社の運搬トラックとコンクリートの電柱とのあいだに作り出された悲劇的な（そして極めて日常的な）空間の中で、彼女はすりつぶされるように死んでいった。

☆

最後の葬儀の何日か後、僕はクリーニング屋から戻ってきたばかりの背広とお礼のウィスキーを抱えて背広の持ち主のアパートを訪れた。

「いろいろありがとう。助かったよ」と僕は言った。

「気にしなくてもいいさ。どうせ使ってもいないんだから」と彼は笑いながら言った。

冷蔵庫にはやはりビールが半ダース冷えていて、座り心地の良いソファーには微かに太陽の匂いがした。テーブルの上には洗ったばかりの灰皿とクリスマス用のポインセチアの鉢植えがあった。

彼はビニール・パックされた背広を受けとると、冬眠したばかりの仔熊を穴に戻すような手つきで簞笥の中にそっと仕舞い込んだ。

「背広に葬式の匂いが浸み込んでなきゃいいんだけれど」と僕は言った。

「服はいいさ。そのための服なんだもの。心配なのは中身の方さ」

「うん」と僕は言った。

「なにしろ葬式だらけだったものな」彼は向いのソファーに足を投げ出し、ビールをグラスに注ぎながらそう言った。「全部で何人だっけ?」

「五人」と言って僕は左手の指を全部広げてみせた。「でも、もうおしまいさ」

「そう思う?」

「そんな気がするんだよ」と僕は言った。「もう充分な数の人間が死んだ」

「なんだかピラミッドの呪いみたいだな。星が天空を巡り、月の影が太陽を覆う時……」

「そんなもんさ」

半ダースのビールを飲んでしまうと、我々はウィスキーにとりかかった。冬の夕陽がなだらかな坂道のように部屋の中に射し込んでいた。

「最近どうも顔つきが暗いぜ」と彼は言った。

「そうかな」と僕は言った。

「きっと夜中にものを考えすぎるんだ」

僕は笑って天井を見上げた。

「俺はね、夜中にものを考えるのを止したんだよ」と彼は言った。

「どうやって？」

「暗い気分になると掃除をするんだよ。掃除機をかけたり、窓を磨いたり、グラスを拭いたり、机を動かしたり、シャツにかたっぱしからアイロンをかけたり、クッションを干したりさ」

「うん」

「そして十一時になると酒を飲んで寝ちゃうんだよ。それだけさ。朝起きて靴下をはくころには大抵のことは忘れてる。さっぱりとね」

「ふうん」

「夜中の三時には人はいろんなことを思いつくもんさ。あれやこれやとね」

「そうかもしれない」

「夜中の三時には動物だってものを考える」思い出したように彼はそう言った。「夜中の三時に動物園に入ったことあるかい？」

「いや」と僕はぼんやり答えた。「ないよ、もちろん」

「俺は一度だけあるよ。知り合いに頼み込んだんだ。本当はいけないんだけどさ」

「うん」

「奇妙な体験だったな。口ではうまく言えないけどさ、まるで地面が方々で音もなく裂けて、そこから何かが這い上がってくるような、そんな気がしたね。そして夜の闇の中をね、地の底から這い上がってきたその目に見えない何かが跳梁しているんだ。冷やりとした空気の塊りみたいなものさ。目には見えない。でも動物たちはそれを感じる。そして俺は動物たちの感じるそれを感じる。結局、俺たちの踏んでいるこの大地は地球の芯まで通じていて、そしてその地球の芯にはとてつもない量の時間が吸い込まれているんだよ。……こんなのっておかしいかい？」

「いや」と僕は言った。

「二度と行こうとは思わないな。夜中の動物園になんてね」

「台風の方がいい？」

「うん」と彼は言った。「台風の方がずっといい」

電話のベルが鳴った。

例によって細胞分裂的な彼のガール・フレンドからの細胞分裂的に果てしない長電話だった。

僕はあきらめてテレビのスイッチをつけた。27インチのカラー・テレビで、手もとのリモート・コントロールのスイッチに軽く手を触れるだけで音もなくチャンネルが変る。スピーカーが六個もついているおかげで、昔の映画館に入ったような気がした。ニュースと漫画映画がついているような映画館だ。

僕はチャンネルを上から下まで二回動かしてから、ニュース・ショーを眺めることにした。国境紛争があり、ビルの火災があり、通貨が上がったり下がったりしていた。自動車の輸入制限があり、寒中水泳大会があり、一家心中があった。それぞれの出来事が中学校の卒業写真みたいに、どこかで少しずつ結びついているような気がした。

「面白いニュースはあったかい？」彼が戻ってきて僕にそう訊ねた。

「まあね」と僕は言った。「テレビを観るなんて久し振りだからさ」

「テレビには少なくともひとつだけ優れた点がある」しばらく考えたあとで彼はそう言った。

「好きな時に消せる」

「はじめからつけなきゃいい」

「よせよ」と楽しそうに彼は笑った。「これでも俺は心暖かい人間なんだよ」

「らしいね」

「いいかい」と言って彼は手もとのスイッチをオフにした。一瞬にして画像が消えた。部屋はしいんと静かになった。窓の外ではビルの灯が輝き始めていた。

五分ばかり、我々はこれという話題もなくウィスキーを飲み続けた。もう一度電話のベルが鳴ったが、彼は今度は聞こえないふりをしていた。電話が鳴り終えた頃、彼は思い出したようにテレビのスイッチを再びオンにした。一瞬にして画像は戻り、ニュース解説者は背後の折れ線グラフを棒で指しながら石油の価格変動についてしゃべり続けていた。

「彼は我々が五分もスイッチを切っていたことに気づきもしないんだぜ」

「そりゃね」と僕は言った。

「何故だ？」

考えるのが面倒だったので、僕は首を振った。

「スイッチを切った瞬間、どちらかの存在がゼロになったんだよ。俺たちか、それとも奴か、どちらかがさ」

「違う考え方もあるぜ」と僕は言った。

「そりゃそうさ、違う考え方なんて百万もある。インドには椰子の木がはえてるし、ベネズエラじゃ政治犯をヘリコプターからばらまいている」

「うん」

「人のことはとやかく言いたくない」と彼は言った。「でも世の中には葬式の出ない死に方もある。匂いのない死もある」

僕は黙って肯いた。そしてポインセチアの緑の葉を指でいじった。「もうクリスマスだな」

「実はシャンパンがあるんだよ」と彼は真剣な顔つきで言った。「フランスから持って帰ってきた上物なんだけど、飲まないか？」

「どこかの女の子用なんだろ？」

彼は冷えたシャンパンの瓶と新しいグラスをふたつテーブルの上に置いた。

「知らないのかい？」と彼は言った。「シャンパンには用途なんてない。栓を抜くべき時があるだけさ」

「なるほど」

僕たちは栓を抜いた。

そしてパリの動物園とその動物たちについて語り合った。

☆

その年の終りに小さなパーティーがあった。六本木あたりの店を借り切って毎年行われる大晦日から新年にかけてのパーティーだった。それほど悪くはないピアノ・トリオが入り、美味い食事と美味い酒が出て、殆んど知り合いもいないから隅にぼんやり腰かけていればいいだけ、といった気楽な集まりである。

もちろん何人かには紹介されることになる。やあ始めまして、ええそうですね、全くね、うん、まあそんなところかな、でもうまくいくといいですね、等々……。僕はにっこり笑って適当に区切りをつけ、水割りのおかわりを取って隅の席に戻り、南米大陸の国々とその首都について考え続ける。

しかしその日に僕が紹介された女性は、二杯の水割りを手に僕の席にまでついてきた。

「あなたに紹介してほしいって私の方からお願いしたんです」と彼女は言った。

彼女は人目をひくほどの美人ではなかったけれど、おそろしく感じの良い女性だった。そしてほど良く金のかかった青いシルクのワンピースをうまく着こなしていた。歳は32といったあたりだろう。もっと若く見せようと思えば簡単にできそうに見えたが、彼女はそんな必要なんてないとでも考えているようだった。両手に全部で三本の指輪をはめ、口もとには夏の夕暮のような微笑みを浮かべていた。

うまく言葉が出てこなかったので、僕は黙って彼女と同じように微笑んでいた。

「あなたって私の知っている方にそっくりなんです」

「ほう」と僕は言った。学生時代によく使った口説き文句の出だしにそっくりだったが、彼女はそんなありふれた手を使うようなタイプには見えなかった。

「顔立ちから、背格好から、雰囲気から、話し方から、びっくりするくらい同じなのね。あなたがここにいらっしゃってから、ずっと観察していたの」

「そんなに似た人がいるなら、一度会ってみたいな」と僕は言った。これも以前にどこかで聞いたことのある科白だった。

「本当？」

「ええ、少し恐いような気もするけど」

彼女の微笑が一瞬深くなり、そしてまたもとに戻った。「でも無理ね」と彼女は言った。「彼は五年前に死んじゃったから。ちょうど今のあなたと同じくらいの歳だったわ」

「ふうん」と僕は言った。

「私が殺したの」

ピアノ・トリオが二度目のステージを終えたらしく、まわりでぱらぱらと気のない拍手が起こった。

「お話がずいぶん進んでいらっしゃるようね」パーティーのホステス役が僕たちのわきにやってきてそう言った。

「ええ」と僕は言った。

「そりゃもう」と彼女が愛想よくあとを継いだ。

「何かリクエスト曲があったら弾いて頂けるそうだけど、いかが？」とホステス役が訊ねた。

「ううん、結構よ、ここでこうやって聴いているだけで楽しいの。あなたは？」

「僕も同じです」

ホステス役はにっこり笑って次のテーブルに移っていった。

「音楽は好き？」と彼女は僕に訊ねた。

「良い世界で聴く良い音楽ならね」と僕は言った。

「良い世界には良い音楽なんてないのよ」と彼女は言った。「良い世界の空気は振動しないのよ」

「なるほど」

「ウォーレン・ビーティーがナイト・クラブのピアノ弾きをやった映画は観た？」

「いや、観てないな」

「エリザベス・テイラーがクラブの客でね、とても貧乏で惨めな役なの」

「ふうん」

「それでウォーレン・ビーティーがエリザベス・テイラーに訊くの、何かリクエストはありますかってね」

「それで」と僕は質問した。「何かリクエストしたんですか？」

「忘れたわ。昔の映画だから」彼女は指輪を光らせながら、水割りを飲んだ。「でもリクエストって嫌よ。なんだか惨めな気持になるんだもの。図書館で借りてきた本みたいにね、始まった途端にもう終る時のことを考えてるのよ」

彼女が煙草をくわえ、僕がマッチで火を点けた。

「さて」と彼女は言った。「あなたによく似た人の話だったわね」

「どうやって殺したんですか？」

「みつばちの巣箱に投げ込んだのよ」

「嘘でしょ？」

「嘘よ」と彼女は言った。

僕はため息をつくかわりに水割りを飲んだ。

「もちろん法律上の殺人なんかじゃないわよ」と彼女は言った。「それに道義上の殺人でもない」

「法律上の殺人でも道義上の殺人でもない」気は進まなかったが、僕はそこまでの要点をまとめてみた。「でも、あなたは人を殺した」

「そう」と彼女は、楽し気に肯いた。

「あなたによく似た人をね」

バンドが演奏を始めた。題も思い出せないくらい古い曲だった。

「五秒もかからなかったわ」と彼女は言った。「殺すのにね」

しばらく沈黙が続いた。彼女はその沈黙をじっくり楽しんでいるようだった。

「自由について考えたことはある？」と彼女が訊ねた。

「時々ね」と僕は言った。「何故そんなことを訊くんですか？」

「ひな菊の花の絵を描ける？」

「たぶんね……まるでＩＱテストみたいだな」

「近いわね」と言って彼女は笑った。

「で、僕はパスしたんですか？」

「ええ」と彼女は答えた。

「ありがとう」と僕は言った。

バンドが『蛍の光』を演奏し始めた。

「十一時五十五分」彼女はペンダントの先についた金時計をちらりと眺めてからそう言った。

「私、『蛍の光』って大好きよ。あなたは？」

「『峠の我が家』の方が良いな、かいかもしかやら野牛やらが出てきて」

彼女はもう一度にっこりと笑った。

「あなたと話せて楽しかったわ。さよなら」

「さよなら」と僕も言った。

☆

空気を節約するためにカンテラが吹き消され、あたりは漆黒の闇に覆われた。誰も口を開かなかった。五秒おきに天井から落ちてくる水滴の音だけが闇の中に響いていた。

「みんな、なるべく息をするんじゃない。残りの空気が少ないんだ」

年嵩の坑夫がそう言った。ひっそりとした声だったが、それでも天井の岩盤が微かに軋んだ音を立てた。坑夫たちは闇の中で身を寄せあい、耳を澄ませ、ただひとつの音が聞こえてくるのを待っていた。つるはしの音、生命の音だ。

彼らはもう何時間もそのように待ち続けていた。闇が少しずつ現実を溶解させていった。何もかもがずっと昔に、どこか遠い世界で起こったことであるように思えた。あるいは何もかもがずっと先に、どこか遠い世界で起こりそうなことであるようにも思えた。

みんな、なるべく息をするんじゃない。残りの空気が少ないんだ。

外ではもちろん人々は穴を掘り続けている。まるで映画の一場面のように。

カンガルー通信

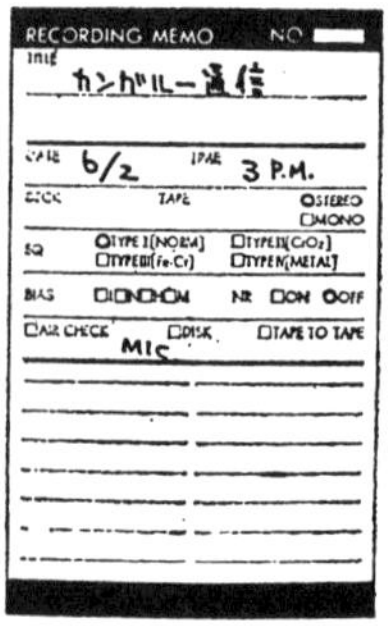
RECORDING MEMO NO
カンガルー通信
6/2
3 P.M.
TAPE
STEREO
MONO
BIAS
NR ON OFF
AIR CHECK
DISK
TAPE TO TAPE
MIC

やあ、元気ですか？

今朝、近所の動物園にカンガルーを見に行ってきました。たいして大きな動物園ではないのですが、それでもゴリラから象まで一応の動物はなんとか揃っています。でも、もしあなたがラマとかアリクイのファンだとしたら、この動物園には来ない方が良いでしょう。ここにはラマもアリクイもいません。インパラもハイエナもいません。豹さえいません。

そのかわりにカンガルーが四匹います。

一匹は子供で、二カ月前に生まれたばかりです。それから雄が一匹に雌が二匹。いったいどういう家族構成になっているものか、僕には見当もつきません。

カンガルーを見るたびに、いったいカンガルーであるというのはどんな気持がするんだろうと、いつも不思議に思います。彼らはいったい何のために、オーストラリアなんていう気の利かない場所をはねまわっているんでしょう。そして何のために、ブーメランなんていう不細工な棒切れで殺されちゃうんでしょう?

僕にはよくわからない。

でもまあ、それはどうでもいいことです。たいした問題じゃありません。

とにかくカンガルーを眺めているうちに、あなたに手紙を出したくなりました。

あるいはあなたは不思議に思うかもしれませんね。どうしてカンガルーを眺めていたら私に手紙を出したくなるのか、カンガルーと私のあいだにいったいどんな関係があるのか、と。でも、そんなことは気にしないで下さい。どうでもいいことなんです。カンガルーはカンガルーだし、あなたはあなたです。

つまりこういうことです。

カンガルーとあなたとのあいだには36の微妙な行程があって、それをしかるべき順序でひとつひとつ追っているうちに、僕はあなたのところに行きついたと、それだけのことなんです。その行程をいちいち説明してみてもきっとあなたにはよくわからないだろうし、だいいち僕だってよく覚えてない。

だって36ですよ!

そのうちのひとつでも手順が狂っていたら、僕はあなたにこんな手紙を出してはいなかったでしょう。あるいは僕はふと思いたって南氷洋でマッコウクジラの背中に跳び乗っていたかもしれない。あるいは僕は近所の煙草屋に放火していたかもしれない。

しかしこの36の偶然の集積の導くところによって、僕はこのようにあなたに手紙を送る。不思議なものですね。

オーケー、それではまず自己紹介から始めましょう。

僕は二十六歳で、デパートの商品管理課に勤めています。これは――あなたにも容易に想像がつくと思うのですが――おそろしくつまらない仕事です。まず仕入課が仕入れると決めた商品に問題がないかどうかを調べます。これは仕入課と業者の癒着を防ぐための作業なのですが、まあ実にいい加減なもので、世間話をしながら靴のバックルをちょっとひっぱってみたり、菓子をいくつかつまんでみたり、その程度のものです。これがいわゆる商品管理というやつです。

それからもうひとつ、つまりこれが我々の仕事の中心になるわけですが、客から寄せられた商品の苦情に対する応対、というのがあります。たとえば、買ったばかりのストッキングが二足続けてすぐに伝線してしまっただとか、ぜんまい仕掛けの熊がテーブルから落としただけで動かなくなってしまっただとか、バスローブを洗濯機にかけたら1/4も縮んでしまっただとか、そういう類いの苦情です。

まああなたは御存じないと思うけれど、こういった苦情の数は実に――うんざりするほど――多いのです。四人の課員が一日中バタバタと走りまわっても追いつかないほど多いのです。苦情の中にはもっともだと思われるのもあるし、また実に理不尽なものもあります。そしてそのどちらとも決めがたいものもあります。

我々はそれらを便宜上ＡＢＣの三ランクに分類しています。部屋のまんなかにＡＢＣという三つの大きな箱があって、そこに手紙を放り込んでいくわけです。我々はこの作業を「理性の三段階評価」と呼んでいます。しかしこれはもちろん、職業上の冗談です。気にしないで下さい。とにかく三つのランクの説明をしますと、

(A) もっともな苦情。当方が責任を負わねばならぬケースです。我々は菓子折をもって客の家を訪問し、しかるべき商品と交換します。

(B) 道義的・商業慣習的・法律的には当方に責任はないのですが、デパートのイメージを傷つけぬため、無用のトラブルを避けるために相応の措置を取ります。

(C) 明らかに客の責任であり、当方は事情を説明しておひきとり願います。

で、先日あなたが寄せられた苦情について我々は慎重に検討してみたのですが、結局あなたの苦情はＣランクに分類されるべき性格のものである、という結論に達しました。その理由としては――いいですか、よく聞いて下さいよ、

①一度買ったレコードは②とくに一週間も経ったあとで③レシートもなしに、交換するわけにはいかないのです。世界中どこに行っても、できないのです。

僕の言ってることわかりますか？

さて、これで僕の事情説明は終りました。

あなたの苦情は却下されました。

しかし職業的観点を離れれば――実のところ僕はしょっちゅうそれを離れてしまうんですが――僕は個人的にはあなたの苦情に対して――ブラームスとマーラーを間違えて買ってしまったという苦情に対して――心から同情しています。これは嘘ではありません。だからこそ僕はとおりいっぺんの事務通知ではなく、このような、ある意味では親密さをこめたメッセージを、あなたに送っているのです。

実を言うと、この一週間ばかり、僕は何度も何度もあなたに手紙を書こうとしたんです。申しわけありませんが商業慣習上レコードを交換することはできません、しかしあなたが寄せられた手紙には何かしら僕の心を打つものがありました、個人的にはベラベラベラ……、こんな手紙です。でもいつも上手く書けませんでした。決して文章を書くのが苦手というわけではないのですが、あなたに手紙を書こうとするときまって言葉が浮かんでこないんです。浮かんでくる言葉はいつも見当違いなものばかりです。不思議なもんです。

で、僕はあなたには返事を出さないことに決めました。だって不完全な手紙を出すくらいなら何も出さない方がマシだからです。そう思いませんか？　僕はそう思います。完璧じゃないメッセージなんて、出鱈目な時刻表みたいなもんです。

しかし今朝、カンガルーの柵の前で、僕は36の偶然の集積を経て、ひとつの啓示を得たのです。つまり大いなる不完全さ、ということです。

大いなる不完全さとは何か、とあなたは訊ねるかもしれない——当然訊ねるでしょうね。大いなる不完全さというのは、まあ簡単に言っちゃえば誰かが誰かを結果的に許すということかもしれません。僕がカンガルーを許し、カンガルーがあなたを許し、あなたが僕を許す——例えばこういうことです。

ふうん。

しかしこのようなサイクルはもちろん恒久的なものではなくて、ある時カンガルーがもうあなたを許したくはないと考えるかもしれません。でもだからといってカンガルーのことを怒らないで下さい。それはカンガルーのせいでもあなたのせいでもないのです。あるいは僕のせいでもありません。カンガルーの方にも、とてもこみいった事情があるのです。いったい誰がカンガルーを非難できるでしょう？

瞬間をつかむこと、我々にできるのはそれだけです。瞬間をつかんで記念写真を撮っておくこと。前列左端よりあなた、カンガルー、僕。

文章を書くことはもうあきらめました。どうやってもうまくいかないのです。例えば僕が「偶然」という字を書く。しかしこの「偶然」という字体からあなたが感じるものは、僕が同じ字体から感じるものとは全く別のもの――あるいは逆のもの――かもしれません。これはとても不公平じゃないか、と僕は思うのです。僕はパンツまで脱いでいるのに、あなたはブラウスのボタンを三つしかはずしていない、これは実に不公平な出来事です。

だから僕はカセット・テープを買い込んで、あなたへの手紙を直接吹き込むことにしました。

（口笛――「ボギー大佐のマーチ」八小節）

どうです、聞こえますか？

この手紙――つまりカセット・テープ――を受け取ってあなたがどんな気持になるのか、僕にはよくわかりません。想像もつきません。あるいはあなたはとても不愉快に感じるかもしれませんね。なぜなら……なぜなら、デパートの商品管理係が顧客の苦情の手紙に対してカセット・テープに吹き込んだ返事を――それも個人的なメッセージをですよ――送るなんてことは極めて異例であり、考えようによっては実に馬鹿げているとも言えるからです。そしてもしあなたが不愉快な気持になって、このテープを僕の上司あてに送り返されたとすれば、僕は社内でおそろしく微妙な立場に立たされることになります。

もしそうしたければ、そうして下さい。

そうされても、僕は腹を立てたりあなたを恨んだりはしません。いいですか、我々の立場は100パーセント対等なのです。つまり僕はあなたに手紙を出す権利を有しているし、あなたは僕の生活を脅かす権利を有している。そうですよね。

我々は対等なのです。それだけは覚えておいて下さい。

そうだ、言い忘れました。僕はこの手紙を「カンガルー通信」と名付けました。だって、どんなものにも名前は必要だからです。たとえばあなたが仮りに日記をつけているとすれば、「本日デパートの商品管理係から苦情に対する返事が届く」なんて長たらしく書くかわりに、「本日『カンガルー通信』届く」、これで済んじゃうからです。それに「カンガルー通信」というのは素敵な名前だと思いませんか？　広い草原の向うから、カンガルーがおなかの袋に郵便を詰めて跳んでくるようじゃありませんか。

コン・コン・コン。（机を叩く音）

これはノックです。

ノック・ノック・ノック……わかりますね？

もしあなたがドアを開けたくなければ、開けなくてもかまいません。本当にどちらでもいいんです。これ以上聞きたくなければここでテープを停めて、ゴミ箱にでも放り込んでおいて下さい。僕はただあなたの家の玄関の前に座ってしばらくのあいだ一人でしゃべってみたい、それだけのことなんです。あなたがそれを聞いてくれているのかどうか、僕にはまるでわからないわけだし、もしわからないとすれば、実際のところあなたが聞いても聞かなくてもどちらでもいいわけじゃないですか。ははは。

オーケー、まあとにかくやりましょう。

でも不完全さというのもなかなか大変なものです。原稿もなしプランもなしでマイクに向ってしゃべるのがこれほど辛いことだとは思いませんでした。まるで砂漠のまん中に立って、コップで水を撒いているような感じです。何ひとつ見えず、何ひとつ手応えがないんです。

だから僕は今、ずっとVUメーターの針に向って話しかけています。VUメーターって知ってますよね。音量にあわせてピクピクと針が振れるあれです。VとUというのが何の頭文字なのか、僕にはわからない。しかしなんといっても、彼らは僕の演説に対して反応を示してくれる唯一の存在なのです。

やあ、やあ。

ところで彼らの価値観は実に単純なものです。

つまり、VとUです。

VとUというのは、まあいわば漫才コンビのようなものです。Vにあらざれば U、UにあらざればV、素敵な世界です。僕が何をしゃべろうが、彼らにとってはどうでもいいことなんです。彼らが興味を持つのは、僕の声がどれだけ空気を震わせるか、それだけです。彼らにとっては空気が震えるが故に僕が存在するのです。

素敵だと思いませんか?

彼らを眺めていると、なんでもいいからとにかくしゃべりつづけようという気になってくるんです。

ふう。

そういえば、このあいだとてもかわいそうな映画を観ました。どれだけ冗談を言っても誰も笑ってくれないコメディアンの話です。いいですか、誰ひとりとして笑わないんです。

今こんな風にマイクに向ってしゃべっていると、ついついその映画のことを思い出してしまいます。

不思議なものですね。

同じ科白でもある人がしゃべると死ぬほどおかしいし、別の人がしゃべるとちっともおかしくない。不思議じゃないですか? それで僕は考えてみたのだけれど、その差というのはどうも生まれつきのものなんじゃないかっていう気がするんです。つまりほら、三半規管の先っぽが人よりちょっと余分に曲っているとか、そんな感じです。

もしそんな能力が僕にあったらどんなに幸せだろうって時々思います。僕はいつもおかしいことを思いついて一人で笑い転げたりするのですが、いざ口に出して誰かに聞かせてみると、これがちっとも、ぴくりとも面白くないんです。まるでエジプトの砂男になってしまったような気分です。それにだいいち……、

エジプトの砂男って知ってますか？

うーん、つまりね、エジプトの砂男はエジプトの王子として生まれたんです。ずっと昔、ピラミッドやらスフィンクスやら何やかやの時代です。でも彼はとても醜い顔をしていたので——本当におそろしく醜かったんです——王様に疎まれてジャングルの奥に捨てられちゃいます。で、どうなるかというと、結局狼だか猿だかに育てられて生き延びちゃうんですね。よくある話だけど。そしてどういうわけか砂男になってしまいます。砂男はですね、手に触れるもの全てを砂に変えてしまうんです。そよ風は砂塵になり、せせらぎは流砂になり、草原は砂漠になってしまいます。これが砂男の話。聞いたことありますか？ ないでしょう？ だってこれ、僕が勝手に作った話なんだから。ははは。

とにかく、僕はあなたに向ってこうしてしゃべっていると、エジプトの砂男になってしまったような気がするんです。僕の手に触れるものの全てが砂、砂、砂、砂、砂、砂……。

……僕はどうも自分自身についてしゃべりすぎるようです。でも考えてみればこれは仕方ないですよね。だって僕はあなたのことを何ひとつ知らないんだから。僕があなたについて知っていることといえば住所と名前、それだけです。年はいくつなのか、年収は幾らか、どんな鼻の形をしているのか、太っているのかやせているのか、結婚しているのかどうか、僕にはまったくわからないのです。でもそんなのはたいした問題ではありません。その方がかえって好都合でもあるのです。僕はできれば単純に、なるべく単純に、いわば形而上的にものごとを処理したいのです。

つまり、ここにあなたの手紙があります。

僕にはこれで十分です。

動物学者がジャングルで採集した糞をもとに象の食生活や行動様式や体重や性生活を推し測るように、僕は一通の手紙をもとにあなたという人の存在を実感することができるのです。もちろん容貌とか香水の種類とか、そんな下らないものは抜きです。存在――そのものです。

あなたの手紙は実に魅力的なものでした。文章、筆跡、句読点、改行、レトリック、なにもかもが完璧です。優れている、ということではありません。ただ完璧なのです。

僕は毎月五百通を越す手紙を読んでいるのですが、正直言ってあなたの手紙ほど感動的な手紙を読んだのは初めてでした。僕はあなたの手紙をこっそり家に持ち帰って、何度も何度も読み返してみました。そしてあなたの手紙を徹底的に分析したんです。短い手紙ですから、これはたいした手間ではありません。

分析することによって、いろんな事実がわかりました。まず読点の数が圧倒的に多いんです。句点ひとつに対して読点が6・36、多いと思いませんか？　それだけではありません。その読点の打ち方が実に無原則なのです。

ねえ、僕があなたの文章をからかっていると思わないで下さい。僕はただ単に感動しているのです。

感動、です。

句読点だけではありません。あなたの手紙の全ての部分が――インクのしみひとつに到るまで――僕を挑発し、揺り動かすのです。

何故か？

結局のところ、その文章の中にあなたがいないからです。もちろんストーリーはあります。一人の女の子が――あるいは女性が――間違えてレコードを買ってしまう。そのレコードにはどうも違う曲が入っているような気がしたのだけれど、レコードそのものが間違っていることに彼女が気づくのにちょうど一週間かかる。売り場の女の子は交換してくれない。そこで苦情の手紙を書く。これがストーリーです。

僕はそのストーリーを理解するまでに、あなたの手紙を三度読みなおさねばなりませんでした。なぜならあなたの手紙は、我々のもとに寄せられる他のどんな苦情の手紙ともまるっきり違っていたからです。はっきり言えば、あなたの手紙の中には苦情さえ存在しないのです。感情も存在しません。ストーリーだけが——存在しています。

正直なところ、僕は少々悩みました。あなたの手紙の目的が果して苦情なのか告白なのか宣言なのか、それともある種のテーゼの確立なのか、僕にはまるでわからなかったからです。あなたの手紙は僕に大量虐殺の現場の報道写真を連想させました。コメントもなし、記事もなし、ただの写真だけです。どこか知らない国の知らない道ばたにゴロゴロと死体が転がっている写真です。あなたがいったい何を求めているのか、僕にはそれさえわからない。あなたの手紙はまにあわせに作った蟻の巣みたいにゴタゴタとこみいっていて、そのくせとりかかる手がかりひとつ与えてはくれないのです。見事なもんです。

バンバンバンバンバン……大量虐殺です。

そうですね、物事をもう少し単純化してみましょう。ごくごく単純にです。

つまり、あなたの手紙は僕を性的に高揚させるんです。

そういうことです。


セックスについて話したいと思います。

コン・コン・コン。

ノックです。

興味がなければテープを停めて下さい。僕はVUメーターに向って一人でしゃべります。ベラベラベラ。

オーケー？

前肢は短く五指を有するが、後肢は著しく長大で四指を有し、第四指だけが強大に発達し、第二指第三指はきわめて小さく互いに結合している。

……これはカンガルーの足についての描写です。ははは。

それではセックスについて。

僕はあなたの手紙を家に持ち帰って以来、ずっとあなたと寝ることばかり考えています。ベッドに入ると隣りにあなたがいて、朝目が覚めるとやはり隣りにあなたがいます。僕が目を覚ました時にはもうあなたは起きだしていて、ワンピースのジッパーを上げる音が聞こえたりします。でも僕は——ねえ、知ってますか、ワンピースのジッパーほどこわれやすいものはないんですよ——目を閉じたままじっと寝たふりをしています。僕にはあなたを見ることはできないのです。そしてあなたは部屋を横切って洗面所の中に消えます。それからやっと僕は目を開けるのです。そして食事を済ませ、会社にでかけます。

夜はまっ暗で——僕はとくにまっ暗になるように窓に特別なブラインドをつけているんです

――あなたの顔はもちろん見えません。年も体重も、何もわかりません。だから体に手を触れることもできません。

でもまあ、いいんです。

本当のことを言うと、僕はあなたとセックスをしてもしなくてもどちらでもいいんです。

……いや、違うな。

少し考えさせて下さい。

オーケー、こういうことです。僕はあなたと寝たい。でも寝なくてもいいんです。つまり僕はできる限り公平な立場にいたいのです。人に何かを押しつけたり、人から何かを押しつけられたりしたくはないのです。あなたの存在を僕のそばに感じるとか、あなたの句読点が僕のまわりをぐるぐると駆けまわっているとか、それだけで僕はもう十分なのです。

わかってもらえるかな?

つまりこうです。

僕は時々、個について――コタイのコです――考えるのがとても辛くなるんです。考え始めると体がバラバラになっちゃいそうな気がするんです。

……例えば電車に乗りますね。電車の中には何十人もの人が乗っている。原則的に考えればこれはただの「乗客」です。青山一丁目から赤坂見附まで運ばれる「乗客」です。ただね、時々そんな乗客の一人一人の存在がとても気になっちゃうことがあるんです。この人はいったいなんだろう、あの人はいったいなんだろう、どうして銀座線になんて乗っているんだろう、ってね。するともう駄目なんです。気になりだすと止まらなくなるんです。あのサラリーマンはいまに額の両わきから禿げあがってくるだろうなとか、あの女の子の脛毛は少し濃すぎる、週に一度は剃っているんだろうかとか、どうして向いに座った若い男はあんなに色のあわないネクタイをしめているんだろうとか、まあそんな具合です。そして最後には体がガタガタ震えてきて、電車から飛び下りてしまいたくなっちゃうんです。この前なんて——きっとあなたは笑うだろうけど——もうちょっとでドアの脇の非常停止ボタンを押してしまうところだったんですよ。

でもこんなことを言ったからって、僕を感じ易い人間だとか神経質な人間だとか、そんな風に考えないで下さい。僕は感じ易くも神経質でもありません。ごく普通の、どこにでもいる平凡なサラリーマンで、デパートの商品管理課に勤めています。地下鉄だって好きです。

性的にも問題があるわけではありません。僕には恋人のような女性も一人いて、一年ほど前から週に二度は彼女と寝ていますし、彼女も僕もそれに結構満足しています。ただ僕は彼女についてはあまり深く考えないように努力しています。結婚する気もありません。もし結婚しちゃえばきっと僕は彼女について深く考え始めるだろうし、そうなった時にうまくやっていけるという自信はまるでないのです。だってそうでしょう、一緒に暮している女の子の歯並びやら爪の形を気にしながら、どうしてうまくやっていけるんです。

もう少し僕自身についてしゃべらせて下さい。

今回はノックはなしです。

ここまで聞いたんなら、ついでに最後まで聞いて下さい。

ちょっと待って下さい。煙草を吸います。

……僕はこれまで自分自身について殆んどしゃべったことはありません。だって、しゃべるほどのこともないからです。もししゃべったとしても、おそらく誰も興味なんて持ってはくれないでしょう。

（カタカタカタ）

ではなぜあなたに向ってこうしてしゃべっているのか？

さっきもいったように僕は今、大いなる不完全さを目指しているからです。

その大いなる不完全さを触発したものは何か？

あなたの手紙と四匹のカンガルーです。

カンガルー。

カンガルーはとても魅力的な動物で、何時間眺めていても飽きません。カンガルーはいったい何を考えているんでしょう？　連中は意味もなく一日中柵の中を跳びまわって、時々地面に穴を掘っています。それで穴を掘って何をするかというと、何もしないのです。ただ穴を掘るだけです。ははは。

カンガルーは一度に一匹しか子供を産みません。だから雌カンガルーは一匹子供を産むとすぐに妊娠します。そうしないとカンガルーの全体としての数が保てないのです。つまり雌カンガルーは一生の殆んどを妊娠と育児に費やすわけです。妊娠にあらずば育児、育児にあらずば妊娠。だからカンガルーはカンガルーを存続させるために存在しているとも言えます。カンガルーの存在なしにカンガルーは存続しないし、カンガルーの存続という目的がなければカンガルー自体も存在しないのです。

変なものですね。


話が前後してすみません。

僕自身についてしゃべります。

実のところ、僕は僕自身であることに対して非常な不満を抱いているのです。容貌とか才能とか地位とか、そういうものに対してではありません。ただ単に僕が僕自身であることに対して、です。とても不公平だと感じるんです。

でもだからといって僕のことを不満の多い人間だとは思わないで下さい。僕は職場やら月収やらに対して一度も文句を言ったことはありません。仕事はたしかにつまらないけれど、大抵の仕事はつまらないのです。金なんてたいした問題じゃありません。

はっきり言いましょう。

僕は同時にふたつの場所にいたいのです。これが僕の唯一の希望です。それ以外には何も望みません。

しかし僕が僕自身であるという個体性が、そんな僕の希望を邪魔しているのです。これはとても不愉快な事実だと思いませんか？　僕のこの希望はどちらかといえばささやかなものであると思います。世界の支配者になりたいわけでもないし、天才芸術家になりたいわけでもない。空を飛びたいわけでもない。同時にふたつの場所に存在したいというだけなんです。いいですか、三つでも四つでもなく、ただのふたつです。僕はコンサート・ホールでオーケストラを聴きながら、ローラースケートをしたいのです。僕はデパートの商品管理係でありながら、マクドナルドのクォーター・パウンド・ハンバーガーでもありたいのです。僕は恋人と寝ながらあなたと寝たいのです。僕は個でありながら、原則でありたいのです。

もう一本煙草を吸わせて下さい。

ふう。

少々疲れました。

こういう風に——自分自身を正直にしゃべるということに——僕は慣れてないんです。

ひとつだけ確認しておきたいのですが、僕はあなたという一人の女性に対して性的な欲望を抱いているわけではありません。さっきも言ったように、僕は僕自身でしかないという事実に対してとても腹を立てているのです。ひとつの個であるということ、これはおそろしく不愉快です。僕は奇数に対して我慢できないのです。だから個人であるあなたと寝てみたいとは思わないのです。

もしあなたがふたつに分割され、僕がふたつに分割され、そしてその四人でベッドを共にすることができたらどんなに素敵でしょう。そう思いませんか？

返事は送らないで下さい。僕に手紙を出したくなったら、会社あてに苦情の形で手紙を下さい。もし苦情がなければ、何か考え出して下さい。

それでは。

ここまでのテープを、今プレイバックして聞きかえしてみました。正直に言って、僕はとても不満足です。間違えてあしかを死なせてしまった水族館の飼育係みたいな気分です。だからこのテープをあなたに送ったものかどうか、僕としてもずいぶん悩みました。

送ることに決めた今でも、僕はまだ悩んでいます。

しかし何にせよ、僕は不完全さを志したのです。だからこころよくそれに従いましょう。その不完全さを、あなたと四匹のカンガルーが支えていてくれるのです。

それでは。

午後の最後の芝生

僕が芝生を刈っていたのは十八か十九のころだから、もう十四年か十五年前のことになる。けっこう昔だ。

時々、十四年か十五年なんて昔というほどのことじゃないな、と考えることもある。ジム・モリソンが「ライト・マイ・ファイア」を唄ったり、ポール・マッカートニーが「ロング・アンド・ワインディング・ロード」を唄っていたりした時代——少し前後するような気もするけれど、まあそんな時代だ——がそれほど昔のことだなんて、僕にはどうもうまく実感できないのだ。僕自身あの時代から比べてそれほど変っていないんじゃないかとも思う。

いや、そんなことはないな。僕はきっとかなり変ったんだろう。そう思わないと、うまく説明のつかないことがいっぱいありすぎる。

オーケー、僕は変った。そして十四、五年というのは結構昔の話だ。

家の近所に——僕はこのあいだここに越してきたばかりだ——公立の中学校があって、僕は買物に行ったり散歩したりするたびにその前を通る。そして歩きながら中学生たちが体操をしたり、絵を描いたり、ふざけあったりしているのをぼんやり眺める。べつに好きで眺めているわけじゃなくて、他に眺めるものがないからだ。右手の桜並木を眺めていてもいいのだけれど、それよりは中学生を眺めていた方がまだましだ。

とにかく、そんな風に毎日中学生を眺めていて、ある日ふと思った。彼らは十四か十五なのだと。これは僕にとってはちょっとした発見であり、ちょっとした驚きだった。十四年か十五年前には彼らはまだ生まれていないか、生まれていたとしてもほとんど意識のないピンク色の肉塊だったのだ。それが今ではもうブラジャーをつけたり、マスターベーションをやったり、ディスク・ジョッキーにくだらない葉書を出したり、体育倉庫の隅で煙草を吸ったり、どこかの家の塀に赤いスプレイ・ペンキで「おまんこ」と書いたり、「戦争と平和」を——たぶん——読んだりしているのだ。

やれやれ。

僕はほんとうにやれやれと思った。

十四、五年前といえば、僕が芝生を刈っていたころじゃないか。

＊

記憶というのは小説に似ている、あるいは小説というのは記憶に似ている。

僕は小説を書きはじめてからそれを切実に実感するようになった。記憶というのは小説に似ている、あるいは云々。

どれだけきちんとした形に整えようと努力してみても、文脈はあっちに行ったりこっちに行ったりして、最後には文脈ですらなくなってしまう。なんだかまるでぐったりした子猫を何匹か積みかさねたみたいだ。生あたたかくて、しかも不安定だ。そんなものが商品になるなんて——商品だよ——すごく恥かしいことだと僕はときどき思う。本当に顔が赤らむことだってある。僕が顔を赤らめると、世界中が顔を赤らめる。

しかし人間存在を比較的純粋な動機に基くかなり馬鹿げた行為として捉えるなら、何が正しくて何が正しくないかなんてたいした問題ではなくなってくる。そしてそこから記憶が生まれ、小説が生まれる。これはもう、誰にも止めることのできない永久機械のようなものだ。それはカタカタと音を立てながら世界中を歩きまわり、地表に終ることのない一本の線を引いていく。

うまくいくといいですね、と彼は言う。でもうまくいくわけなんてないのだ。うまくいったためしもないのだ。

でもだからって、いったいどうすればいい？

というわけで、僕はまた子猫を集めて積みかさねていく。子猫たちはぐったりとしていて、とてもやわらかい。目がさめても自分たちがキャンプ・ファイアのまきみたいに積みあげられていることを発見した時、子猫たちはどんな風に考えるだろう？　あれ、なんだか変だな、と思うくらいかもしれない。もしそうだとしたら――その程度だとしたら――僕は少しは救われるだろう。

ということだ。

＊

僕が芝生を刈っていたのは十八か十九のころだから、もう結構昔の話になる。そのころ僕にはおないどしの恋人がいたが、彼女はちょっとした事情があって、ずっと遠くの街に住んでいた。我々が会えるのは一年にぜんぶで二週間くらいのものだった。我々はそのあいだにセックスをしたり、映画をみたり、わりに贅沢な食事をしたり、次から次へととりとめのない話をしたりした。そして最後には必ず派手な喧嘩をし、仲直りをし、またセックスをした。要するに世間一般の恋人たちがやっていることを短縮版の映画みたいな感じでやっていたわけだ。

僕が彼女をほんとうに好きだったのかどうか、これは今となってはよくわからない。思い出すことはできるが、わからないのだ。そういうことって、ある。僕は彼女と食事をするのが好きだったし、彼女が一枚ずつ服を脱いでいくのを見るのが好きだったし、彼女のやわらかいワギナの中に入るのも好きだった。セックスのあと、彼女が僕の胸に顔をつけてしゃべったり眠ったりするのを眺めるのも好きだった。でも、それだけだ。それから先のことなんて何ひとつわからない。

彼女と会う二週間ばかりをのぞけば、僕の人生はおそろしく単調なものだった。たまに大学に行って講義を受け、なんとか人なみの単位は取った。それから一人で映画をみたり、わけもなく街をぶらぶらしたり、仲の良い女ともだちとセックス抜きのデートをしたりした。何人もで集まったり騒いだりするのが苦手だったせいで、まわりではもの静かな人間だと思われていた。一人でいる時はロックンロールばかり聴いていた。幸せなような気もしたし、不幸せなような気もした。でもあの頃って、みんなそういうものだ。

ある夏の朝、七月の始め、恋人から長い手紙が届いて、そこには僕と別れたいと書いてあった。あなたのことはずっと好きだし、今でも好きだし、これからも……云々。要するに別れたいということだ。新しいボーイ・フレンドができたのだ。僕は首を振って煙草を六本吸い、外に出て缶ビールを飲み、部屋に戻ってまた煙草を吸った。それから机の上にあるＨＢの長い鉛筆の軸を三本折った。べつに腹を立てたわけじゃない。何をすればいいのかよくわからなかっただけだ。そして服を着替えて仕事にでかけた。それからしばらくのあいだ、僕はまわりのみんなから「ずいぶん明るくなったね」と言われた。人生ってよくわからない。

僕はその年、芝刈りのアルバイトをしていた。芝刈り会社は小田急線の経堂駅の近くにあって、結構繁盛していた。大抵の人間は家を建てると庭に芝生を植える。あるいは犬を飼う。これは条件反射みたいなものだ。一度に両方やる人もいる。それはそれで悪くない。芝生の緑は綺麗だし、犬は可愛い。しかし半年ばかりすると、みんな少しうんざりしはじめる。芝生は刈らなくてはならないし、犬は散歩させなくてはならないのだ。なかなかうまくいかない。

まあとにかく、我々はそんな人々のために芝生を刈った。僕はその前の年の夏、大学の学生課で仕事をみつけた。僕の他にも何人か一緒に入った連中もいたが、みんなすぐにやめてしまって、僕だけが残った。仕事はきつかったが、給料は悪くなかった。それにあまり他人と口をきかなくて済む。僕向きだ。僕はそこに勤めて以来、少しまとまった額の金を稼いでいた。夏に恋人とどこかに旅行するための資金だ。しかし彼女と別れてしまった今となっては、そんなものはどうでもいい。僕は別れの手紙を受けとってから一週間くらい、その金の使いみちをあれこれと考えてみた。というより、金の使いみちくらいしか考えるべきことはなかった。なんだかわけのわからない一週間だった。僕のペニスは他人のペニスみたいに見えた。誰かが――僕の知らない誰かが――彼女の小さな乳首をそっと噛んでいるのだ。なんだかすごく変な気持だ。

金の使いみちはとうとう思いつけなかった。誰かから中古車――スバルの１０００ＣＣ――を買わないかという話もあった。ものは悪くなかったし値段も手頃だったが、何故か気が進まない。スピーカーを新しく買い換えることも考えたが、僕の小さな木造アパートでは無理な相談だった。

アパートを引越しても良かったが、引越す理由がなかった。アパートを引越してしまうと、スピーカーを買い換えるだけの金は残らないのだ。

金の使いみちはなかった。夏物のポロシャツを一枚とレコードを何枚か買っただけで、あとはまるまる残った。それから性能の良いソニーのトランジスタ・ラジオも買った。大きなスピーカーがついていて、ＦＭがとてもきれいに入る。

その一週間が経ったあとで、僕はひとつの事実に気づいた。つまり、金の使いみちがないのなら、使いみちのない金を稼ぐのも無意味なのだ。

僕はある朝芝刈り会社の社長に仕事をやめたいんですが、と言った。そろそろ試験勉強もしなくちゃいけないし、その前に旅行もしたいんです。まさかもう金がほしくないなんて言えない。

「そうか、残念だな」と社長（というか、植木職人といった感じのおじさんだ）は言った。それからため息をついて椅子に座り、煙草をふかした。顔を天井に向けてこりこりと首をまわした。

「あんたはほんとうにとてもよくやってくれたよ。アルバイトの中じゃいちばんの古株だし、お得意先の評判もいいしな。ま、若いのに似合わずよくやってくれたよ」

どうも、と僕は言った。実際に僕はすごく評判がよかった。丁寧な仕事をしたせいだ。大抵のアルバイトは大型の電動芝刈機でざっと芝を刈ると、残りの部分はかなりいい加減にやってしまう。それなら時間も早く済むし、体も疲れない。僕のやり方はまったく逆だ。機械はいい加減に使って、手仕事に時間をかける。当然仕あがりは綺麗になる。ただしあがりは少ない。一件いくらという給料計算だからだ。庭のだいたいの面積で値段が決まる。それからずっとかがんで仕事をするものだから、腰がすごく痛くなる。これは実際にやった人じゃなくちゃわからない。慣れるまでは階段の上り下りにも不自由するくらいだ。

僕はべつに評判を良くするためにこんなに丁寧な仕事をしたわけではない。信じてもらえないかもしれないけれど、ただ単に芝生を刈るのが好きだったのだ。毎朝芝刈ばさみを研ぎ、芝刈機を積んだライトバンで得意先に行き、芝を刈る。いろんな庭があり、いろんな芝があり、いろんな奥さんがいる。おとなしい親切な奥さんもいれば、つっけんどんな人もいる。ノーブラにゆったりしたTシャツを着て芝を刈る僕の前にかがみこみ、乳首まで見せてくれる若い奥さんだっている。

とにかく僕は芝を刈りつづけた。大抵の庭の芝はたっぷりと伸びている。まるで草むらみたいだ。芝が伸びていればいるほど、やりがいはあった。仕事が終ったあとで、庭の印象ががらりと変ってしまうのだ。これはすごく素敵な感じだ。まるで厚い雲がさっとひいて、太陽の光があたりに充ちたような感じだ。

一度だけ——仕事の終ったあとで——奥さんの一人と寝たことがある。三十一か二、それくらいの年の人だった。彼女は小柄で、小さな堅い乳房を持っていた。雨戸をぜんぶしめ、電灯を消したまっ暗な部屋の中で我々は交った。彼女はワンピースを着たまま下着を取り、僕の上に乗った。胸から下は僕に触れさせなかった。彼女の体はいやに冷やりとして、ワギナだけが暖かかった。彼女はほとんど口をきかなかった。僕も黙っていた。ワンピースの裾がさらさらと音をたて、それが遅くなったり早くなったりした。途中で一度電話のベルが鳴った。ベルはひとしきり鳴ってから止んだ。

あとになって、僕が恋人と別れることになったのはその時のせいじゃないかなとふと思ったりもした。べつにそう考えなければいけない理由があったわけではない。なんとなくそう思っただけだ。応えられなかった電話のベルのせいだ。でもまあ、それはいい。終ったことだ。

「でも困ったな」と社長は言った。「あんたがいま抜けちゃうと、予約がこなせないよ。いちばんのシーズンだしね」

梅雨のせいで芝がすっかり伸びているのだ。

「どうだろう、あと一週間だけやってくれないかな？　一週間あれば人手も入るし、なんとかやれると思うんだ。もしやってくれたら特別にボーナスを出すよ」

いいですよ、と僕は言った。さしあたってとくにこれといった予定もないし、だいいち仕事じたいが嫌いなわけではないのだ。それにしても変なものだな、と僕は思う。金なんていらないと思ったとたんに金が入ってくる。

三日晴れがつづき、一日雨が降り、また三日晴れた。そんな風にして最後の一週間が過ぎた。夏だった。それもほれぼれするような見事な夏だ。空には古い思いでのように白い雲が浮かんでいた。太陽はじりじりと肌を焼いた。僕の背中の皮はきれいに三回むけ、もう真黒になっていた。耳のうしろまで真黒だった。

最後の仕事の朝、僕はTシャツとショートパンツ、テニス・シューズにサングラスという格好でライトバンに乗り込み、僕にとっての最後の庭に向った。車のラジオはこわれていたので、家から持って来たトランジスタ・ラジオでロックンロールを聴きながら車を運転した。クリーデンスとかグランド・ファンクとか、そんな感じだ。すべてが夏の太陽を中心に回転していた。僕はこまぎれに口笛を吹き、口笛を吹いていない時は煙草を吸った。FENのニュース・アナウンサーは奇妙なイントネーションをつけたヴェトナムの地名を連発していた。

僕の最後の仕事場は読売ランドの近くにあった。やれやれ。なんだって神奈川県の人間が世田ケ谷の芝刈りサービスを呼ばなきゃいけないんだ？

でもそれについて文句を言う権利は僕にはなかった。何故なら僕は自分でその仕事を選んだからだ。朝会社に行くと黒板にその日の仕事場がぜんぶ書いてあって、めいめいが好きな場所を選ぶ。大抵の連中は近い場所を取る。往復の時間がかからないし、そのぶん数がこなせるのだ。僕は逆になるべく遠くの仕事をとる。いつもそうだ。それについてはみんな不思議がった。前にも言ったように、僕はアルバイトの中ではいちばん古株だし、好きな仕事を最初に選ぶ権利があるからだ。

べつにたいした理由はない。遠くまで行くのが好きなのだ。遠くの庭で遠くの芝生を刈るのが好きなのだ。遠くの道の遠くの風景を眺めるのが好きなのだ。でもそんな風に説明したって、たぶん誰もわかってくれないだろう。

僕は車の窓をぜんぶ開けて運転した。都会を離れるにつれて風が涼しくなり、緑が鮮やかになっていった。草いきれと乾いた土の匂いが強くなり、空と雲のさかいめがくっきりとした一本の線になった。素晴しい天気だった。女の子と二人で夏の小旅行に出かけるには最高の日和だ。僕は冷やりとした海と熱い砂浜のことを考えた。それからエア・コンディショナーのきいた小さな部屋とぱりっとしたブルーのシーツのことを考えた。それだけだった。それ以外には何も考えつけなかった。砂浜とブルーのシーツが交互に頭に浮かんだ。

ガソリン・スタンドでタンクをいっぱいにしているあいだも同じことを考えていた。僕はスタンドの横の草むらに寝転んで、サービス係がオイルをチェックしたり窓を拭いたりするのをぼんやり眺めていた。地面に耳をつけるといろんな音が聞こえた。遠い波のような音も聞こえた。でももちろんそれは波の音なんかじゃない。地面に吸い込まれた音がいろいろとまざりあっただけなのだ。目の前の草の葉の上を小さな虫が歩いていた。羽のはえた小さな緑色の虫だ。虫は葉の先端まで行くと、しばらく迷ってから同じ道をあともどりしていった。べつに、とくにがっかりしたようにも見えなかった。

虫もやはり暑さを感じるのだろうか？

わからないな。

十分ばかりで給油が終った。サービス係が車のホーンを鳴らして僕にそれをしらせた。

＊

目的の家は丘の中腹にあった。おだやかで上品な丘だ。曲りくねった両脇にはけやきの並木がつづいていた。どこかの家の庭では小さな男の子が二人、裸になってホースの水をかけあっていた。空に向けたしぶきが五十センチくらいの小さな虹を作っていた。誰かが窓を開けたままピアノの練習をしていた。とても上手いピアノだった。レコード演奏と間違えそうなくらいだ。

僕は家の前にライトバンを停め、ベルを鳴らした。返事はなかった。まわりはおそろしくしんとしていた。人の姿もない。スペイン系の国によくある昼寝の時間みたいな感じだった。僕はもう一度ベルを鳴らした。そしてじっと返事を待った。

こぢんまりとした感じの良い家だった。クリーム色のモルタル造りで、屋根のまん中から同じ色の四角い煙突がでていた。窓枠はグレーで、白いカーテンがかかっていた。どちらもおそろしいくらい日焼けしていた。古い家だが、古さがとても良く似合っていた。避暑地に行くと、よくこういう感じの家がある。半年だけ人が住み、半年は空き家になっている。そんな雰囲気だ。建物の存在感が生活の匂いを散らせてしまっているのだ。

フランスづみのれんがの塀は腰までの高さしかなく、その上はバラの垣根になっていた。バラの花はすっかり落ちて、緑の葉がまぶしい夏の光をいっぱいに受けていた。芝生の様子までは見えなかったが、庭は結構広く、大きなくすの木がクリーム色の壁に涼し気な影を落としていた。

三度めのベルを鳴らした時玄関のドアがゆっくりと開いて、中年の女が現われた。おそろしく大きな女だった。僕も決して小柄な方ではないのだが、彼女の方が僕よりも三センチは高かった。肩幅も広く、まるで何かに腹を立てているみたいに見えた。年はおそらく五十前後というところだ。美人ではないにしても、顔つきは端整だった。もっとも端整とはいっても人が好感を抱くようなタイプの顔ではない。濃い眉と四角い顎は言い出したらあとには引かないという強情さをうかがわせた。

彼女は眠そうなとろんとした眼で面倒臭そうに僕を見た。白髪が僅かにまじった固い髪が頭の上で波うち、茶色い木綿のワンピースの肩口からはがっしりとした二本の腕がだらんと垂れ下がっていた。腕は真白だった。「なんだい?」と彼女は言った。

「芝生を刈りに来ました」と僕は言った。それからサングラスをはずした。

「芝生?」と彼女は首をひねった。「芝生を刈るんだね?」

「ええ、電話をいただきましたので」

「うん。ああそうだね、芝生だ。今日は何日だっけ?」

「十四日です」

彼女はあくびをした。「そうか。十四日か」それからもう一度あくびをした。「ところで煙草持ってる？」

僕はポケットからショート・ホープを出して彼女に渡し、マッチで火を点けてやった。彼女は気持良さそうに空にむけてふうっと煙を吐いた。

「やんなよ」と彼女は言った。「どれくらいかかる？」

「時間ですか？」

彼女は顎をぐっと前に出して肯いた。

「広さと程度によりますね。拝見していいですか？」

「いいともさ。だいいち見なきゃやれないだろ」

僕は彼女のあとをついて庭にまわった。庭は平べったい長方形で、六十坪ほどの広さだった。額あじさいの繁みがあり、くすの木が一本はえていた。あとは芝生だ。窓の下に空っぽの鳥かごが二つ放り出されていた。庭の手入れは行き届いていて、芝生はたいして刈る必要もないくらい短かった。僕はちょっとがっかりした。

「これならあと二週間はもちますよ。今刈ることもありませんね」

「それはあたしが決めることだよ。そうだろ？」

僕はちょっと彼女を見た。まあたしかにそのとおりだ。

「もっと短くしてほしいんだよ。そのために金を払うんだ。いいじゃないか」

僕は肯いた。「四時間で済みます」

「えらくゆっくりじゃないか」

「ゆっくりやりたいんです」と僕は言った。

「まあお好きに」と彼女は言った。


僕はライトバンから電動芝刈機と芝刈ばさみとくまでとごみ袋とアイスコーヒーを入れた魔法瓶とトランジスタ・ラジオを出して庭に運んだ。太陽はどんどん中空に近づき、気温はどんどん上っていた。僕が道具を運んでいるあいだ、彼女は玄関に靴を十足ばかり並べてぼろきれでほこりを払っていた。靴は全部女もので、小さなサイズと特大のサイズの二種類だった。

「仕事をしているあいだ音楽をかけてかまいませんか」と僕は訊ねてみた。

彼女はかがんだまま僕を見上げた。「いいともさ。あたしも音楽は好きだよ」

僕は最初に庭におちている小石をかたづけ、それから芝刈機をかけた。石をまきこむと刃がいたんでしまうのだ。芝刈機の前面にはプラスチックのかごがついていて、刈った芝は全部そこに入るようになっている。かごがいっぱいになるとそれを取りはずしてごみ袋に捨てた。庭が六十坪もあると、短い芝でも結構量を刈ることになる。太陽はじりじりと照りつけた。僕は汗で濡れたTシャツを脱ぎ、ショートパンツ一枚になった。まるで体裁の良いバーベキューみたいな感じだ。こんな風にしているとどれだけ水を飲んでも小便なんか一滴も出ない。全部汗になってしまうのだ。

一時間ほど芝刈機をかけてからひと休みして、くすの木の影に座ってアイスコーヒーを飲んだ。糖分が体の隅々にしみこんでいった。頭上では蟬が鳴きつづけていた。ラジオのスイッチを入れ、ダイヤルを回して適当なディスク・ジョッキーを探した。スリー・ドッグ・ナイトの「ママ・トールド・ミー」が出てきたところでダイヤルを止め、あおむけに寝転んでサングラスを通して木の枝と、そのあいだから洩れてくる日の光を眺めた。

彼女がやってきて僕のそばに立った。下から見上げると、彼女はくすの木みたいに見えた。彼女は右手にグラスを持っていた。グラスの中には氷とウィスキーが入っていて、それが夏の光にちらりと揺れていた。

「暑いだろ?」と彼女は言った。

「そうですね」と僕は言った。

「昼飯はどうするね?」と彼女は言った。

僕は腕時計を見た。十一時二十分だった。

「十二時になったらどこかに食べに行きます。近くにハンバーガー・スタンドがありましたから」

「わざわざ行くことないさ。あたしがサンドイッチでも作ってやるよ」

「本当にいいんです。いつもどこかに食べに行ってますから」

彼女はウィスキー・グラスを持ちあげて、一口で半分ばかり飲んだ。それから口をすぼめてふうっと息を吐いた。「かまわないよ。どうせついでだからさ。自分のぶんだって作るんだ。食べなよ」
「じゃあいただきます。どうもありがとう」
「いいさ」と彼女は言った。それからゆっくりと肩をゆすりながら家の中にひきあげていった。

　十二時まではさみで芝を刈った。まず機械で刈った部分のむらを揃え、それをくまでで掃きあつめてから、今度は機械で刈れなかった部分を刈る。気の長い仕事だ。適当にやろうと思えば適当にやれるし、きちんとやろうと思えばいくらでもきちんとやれる。しかしきちんとやったからそれだけ評価されるかというと、そうとは限らない。ぐずぐずやっていると見られることもある。それでも前にも言ったように、かなり僕はきちんとやる。これは性格の問題だ。それからたぶんプライドの問題だ。

　十二時のサイレンがどこかで鳴ると、彼女は僕を台所にあげてサンドイッチを出してくれた。広くはないがさっぱりとした清潔な台所だった。巨大な冷蔵庫がうなっている他はとても静かだった。食器もスプーンも古い時代のものだった。彼女はビールを勧めてくれたが、僕は仕事中だからと言って断った。彼女はかわりにオレンジ・ジュースを出してくれた。ビールは彼女が飲んだ。テーブルの上には半分に減ったホワイト・ホースの瓶もあった。流しの下にはいろんな種類の空瓶が転がっていた。

サンドイッチは美味かった。ハムとレタスときゅうりのサンドイッチで、辛子がぴりっときいていた。とてもおいしいです、と僕は言った。サンドイッチだけは上手いんだよ、と彼女は言った。彼女はひときれも食べなかった。ピックルスをふたつかじっただけで、あとはビールを飲んでいた。彼女はべつに何も話さなかったし、僕の方にも話すことはなかった。

十二時半に僕は芝生に戻った。最後の午後の芝生だ。

僕はFENのロックンロールを聴きながら芝生を丁寧に刈り揃えた。何度もくまでで刈った芝を払い、よく床屋がやるようにいろんな角度から刈り残しがないか点検した。一時半までに三分の二が終った。汗が何度も目に入り、そのたびに庭の水道で顔を洗った。何度かペニスが勃起し、そしておさまった。芝を刈りながら勃起するなんてなんだか馬鹿げている。

二時二十分に仕事は終った。僕はラジオを消し、裸足になって芝生の上をぐるりとまわってみた。満足のいく出来だった。刈り残しもないし、むらもない。絨毯のようになめらかだ。

「あなたのことは今でもとても好きです」と彼女は最後の手紙に書いていた。「やさしくてとても立派な人だと思っています。でもある時、それだけじゃ足りないんじゃないかという気がしたんです。どうしてそんな風に思ったのか私にもわかりません。それにひどい言い方だと思います。たぶん何の説明にもならないでしょう。十九というのは、とても嫌な年齢です。あと何年かたったらもっとうまく説明できるかもしれない。でも何年かたったあとでは、たぶん説明する必要もなくなってしまうんでしょうね」

僕は水道で顔を洗い、道具をライトバンに運び、新しいTシャツを着た。そして玄関のドアを開けて仕事が終ったことを知らせた。

「ビールでも飲みなよ」と彼女は言った。

「ありがとう」と僕は言った。ビールぐらい飲んだっていいだろう。

我々は庭先に並んで芝生を眺めた。僕はビールを飲み、彼女は細長いグラスでレモン抜きのウオッカ・トニックを飲んでいた。酒屋がよくおまけにくれるようなグラスだ。蟬はまだ鳴きつづけていた。彼女は少しも酔払ったようには見えなかった。息だけが少し不自然だった。すうっという歯のあいだから洩れるような息だ。

「あんたはいい仕事をするよ」と彼女は言った。「これまでいろんな芝生屋呼んだけど、こんなにきちんとやってくれたのはあんたが始めてさ」

「どうも」と僕は言った。

「死んだ亭主が芝生にうるさくってね。いつも自分できちんと刈ってたよ。あんたの刈り方とすごく似てる」

僕は煙草を出して彼女にすすめ、二人で煙草を吸った。彼女の手は僕の手よりも大きかった。右手のグラスも左手のショート・ホープもとても小さく見えた。指は太く、指輪もない。爪にははっきりとした縦の線が何本か入っていた。

「亭主は休みになると芝生ばかり刈ってたよ。それほど変人ってわけでもなかったんだけどね」

僕はこの女の夫のことを少し想像してみた。うまく想像できなかった。くすの木の夫婦を想像できないのと同じことだ。

彼女はまたすうっという息をはいた。

「亭主が死んでからは」と女は言った。「ずっと業者に来てもらってんだよ。あたしは太陽に弱いし、娘は日焼けを嫌がるしさ。ま、日焼けはべつにしたって若い女の子が芝刈りなんてやるわきゃないけどね」

僕は肯いた。

「でもあんたの仕事っぷりは気に入ったよ。芝生ってのはこういう風に刈るもんさ」

僕はもう一度芝生を眺めた。彼女はげっぷをした。

「来月もまた来なよ」

「来月はだめなんです」と僕は言った。

「どうして?」と彼女は言った。

「今日が仕事の最後なんです」と僕は言った。「そろそろ学生に戻って勉強しないと単位があぶなくなっちゃうものですから」

彼女はしばらく僕の顔を見てから、足もとを眺め、それからまた顔を見た。

「学生なのかい?」

「ええ」と僕は言った。

「どこの学校？」

僕は大学の名前を言った。大学の名前はべつに彼女にたいした感動を与えなかった。感動を与えるような大学ではないのだ。彼女は人さし指で耳のうしろをかいた。

「もうこの仕事はやらないんだね」

「ええ、今年の夏はね」と僕は言った。今年の夏はもう芝刈りはやらない。来年の夏も、そして再来年の夏も。

彼女はうがいでもするみたいな感じでウォッカ・トニックを口にふくみ、それからいとおしそうに半分ずつ飲み下した。汗が額いっぱいに吹き出ていた。小さな虫がはりついているみたいに見えた。

「中に入んなよ」と女は言った。「外は暑すぎるよ」

僕は腕時計を見た。二時三十五分。遅いのか早いのかよくわからない。仕事はもう全部終っていた。明日からはもう一センチだって芝生を刈らなくていいのだ。とても妙な気持だ。

「急いでんのかい？」と女が訊ねた。

僕は首を振った。

「じゃあうちにあがって冷たいものでも飲んでいきな。たいして時間はとらないよ。それにあんたにちょっと見てほしいものもあるんだ」

見てほしいもの？

でも僕には迷う余裕なんてなかった。彼女は先にたってすたすたと歩き出した。僕の方を振りかえりもしなかった。僕はしかたなく彼女のあとを追った。暑さで頭がぼんやりしていた。

家の中は相変らずしんとしていた。夏の午後の光の洪水の中から突然屋内に入ると、瞼の奥がちくちく痛んだ。家の中には水でといたような淡い闇が漂っていた。何十年も前からそこに住みついてしまっているような感じの闇だ。べつにとくに暗いというわけではなく、淡い闇だった。空気は涼しかった。エア・コンディショナーの涼しさではなく、空気の動いている涼しさだった。どこかから風が入って、どこかに抜けていくのだ。

「こっちだよ」と彼女は言って、まっすぐな廊下をぱたぱたと音を立てて歩いた。廊下にはいくつか窓がついていたが、隣家の石塀と育ちすぎたけやきの枝が光をさえぎっていた。廊下にはいろんな匂いがした。どの匂いも覚えのある匂いだった。時間が作り出す匂いだ。時間が作りだし、そしてまたいつか時間が消し去っていく匂いだ。古い洋服や古い家具や、古い本や、古い生活の匂いだ。廊下のつきあたりに階段があった。彼女は後を向いて僕がついてきていることを確かめてから階段を上った。彼女が一段上るごとに古い木材がみしみしと音を立てた。

階段を上るとやっと光が射していた。踊り場についた窓にはカーテンもなく、夏の太陽が床の上に光のプールを作っていた。二階には部屋は二つしかない。ひとつは納戸で、もうひとつがきちんとした部屋だった。くすんだ薄いグリーンのドアに、小さなすりガラスの窓がついている。グリーンのペンキは少しひびわれ、真鍮のノブは把手の部分だけが白く変色していた。

彼女は口をすぼめてふうっと息をつくとほとんど空になったウォッカ・トニックのグラスを窓枠に置き、ワンピースのポケットから鍵の束を出し、大きな音を立ててドアの鍵を開けた。

「入んなよ」と彼女は言った。我々は部屋に入った。中は真暗でむっとしていた。暑い空気がこもっている。閉め切った雨戸のすきまから銀紙みたいに平べったい光が幾筋か部屋の中に射し込んでいた。何も見えなかった。ちらちらと塵が浮かんでいるのが見えるだけだった。彼女はカーテンを払ってガラス戸を開け、がらがらと雨戸を引いた。眩しい光と涼しい南風が一瞬のうちに部屋に溢れた。

部屋は典型的なティーン・エイジャーの女の子の部屋だった。窓際に勉強机があり、その反対側に小さな木のベッドがあった。ベッドにはしわひとつないコーラル・ブルーのシーツがかかっていて、同じ色の枕が置いてあった。足もとには毛布が一枚畳んである。ベッドの横には洋服ダンスとドレッサーがあった。ドレッサーの前には化粧品がいくつか並んでいた。ヘアブラシとか小さなはさみとか口紅とかコンパクトとか、そういったものだ。とくに熱心に化粧をするというタイプではないようだった。

机の上にはノートや辞書があった。フランス語の辞書と英語の辞書だった。かなり使いこまれているように見える。それも乱暴な使われ方ではなく、きちんとした使い方だった。ペン皿にはひととおりの筆記具が頭を揃えて並べられていた。消しゴムは片側だけが丸く減っていた。それから目覚し時計と電気スタンドとガラスの文鎮。どれも簡素なものだった。木の壁には鳥の原色画が五枚と数字だけのカレンダーがかかっていた。机の上に指を走らせてみると、指がほこりで白くなった。一ヵ月ぶんくらいのほこりだ。カレンダーも六月のものだった。

全体としてみれば部屋はこの年頃の女の子にしてはさっぱりしたものだった。ぬいぐるみもなければ、ロック・シンガーの写真もない。けばけばしい飾りつけもなければ、花柄のごみ箱もない。作りつけの本棚にはいろんな本が並んでいた。文学全集があったり、詩集があったり、映画雑誌があったり、絵画展のパンフレットがあったりした。英語のペーパーバックも何冊か並んでいた。僕はこの部屋の持ち主の姿を想像してみたが、うまくいかなかった。別れた恋人の顔しか浮かんでこなかった。

大柄な中年の女はベッドに腰を下ろしたままじっと僕を見ていた。彼女は僕の視線をずっと追っていたが、何かまったくべつのことを考えているように見えた。目が僕の方を向いているというだけで、本当は何も見ていなかった。僕は机の椅子に座って彼女のうしろのしっくいの壁を眺めた。壁には何もかかっていなかった。ただの白い壁だった。じっと壁を眺めていると、それは上の方で手前に傾いているように見えた。今にも彼女の頭上に崩れかかってくるような感じだった。でももちろんそんなことはない。光線の加減でそんな風に見えるだけだ。

「何か飲まないか？」と彼女が言った。僕は断った。

「遠慮しなくったっていいんだよ。べつに取って食やしないんだから」

じゃあ同じものを薄くして下さい、と僕は言って彼女のウォッカ・トニックを指さした。

彼女は五分後にウォッカ・トニックを二杯と灰皿を持って戻ってきた。僕は自分のウォッカ・トニックを一口飲んだ。全然薄くなかった。僕は氷が溶けるのを待ちながら煙草を吸った。彼女はベッドに座って、おそらくは僕のよりずっと濃いウォッカ・トニックをちびちびと飲んでいた。時々こりこりという音をたてて氷をかじった。

「体が丈夫なんだ」と彼女は言った。「だから酔払わないんだ」

僕は曖昧に肯いた。僕の父親もそうだった。でもアルコールと競争して勝った人間はいない。自分の鼻が水面の下に隠れてしまうまでいろんなことが気がつかないというだけの話なのだ。父親は僕が十六の年に死んだ。とてもあっさりとした死に方だった。生きていたかどうかさえうまく思い出せないくらいあっさりした死に方だった。

彼女はずっと黙っていた。グラスをゆするたびに氷の音がした。開いた窓から時々涼しい風が入ってきた。風は南の方からべつの丘を越えてやってきた。このまま眠ってしまいたくなるような静かな夏の午後だ。どこか遠くで電話のベルが鳴っていた。

「洋服ダンスを開けてみなよ」と彼女が言った。僕は洋服ダンスの前まで行って、言われたとおり両開きのドアを開けた。タンスの中にはぎっしりと服が吊るされていた。半分がワンピースで、あとの半分がスカートやブラウスやジャケットだった。全部夏ものだ。古いものもあれば殆んど袖の通されていないものもあった。スカート丈は大部分がミニだ。趣味もものも悪くなかった。とくに人目につくというわけではないけれど、とても感じはいい。これだけ服が揃っていれば一夏、デートのたびに違った服装ができる。しばらく洋服の列を眺めてから僕はドアを閉めた。

「素敵ですね」と僕は言った。

「引出しも開けてみなよ」と彼女は言った。僕はちょっと迷ったがあきらめて洋服ダンスについた引出しをひとつずつ開けてみた。女の子の留守中に部屋をひっかきまわすことが――たとえ母親の許可があったにせよ――まともな行為だとはとても思えなかったが、逆らうのもまた面倒だった。朝の十一時から酒を飲んでいる人間が何を考えているかなんて僕にはわからない。いちばん上の大きな引出しにはジーパンやポロシャツやTシャツが入っていた。洗濯され、きちんと折り畳まれ、しわひとつなかった。二段目にはハンドバッグやベルトやハンカチやブレスレットが入っていた。布の帽子もいくつかある。三段目には下着と靴下が入っていた。何もかもが清潔できちんとしていた。僕はたいしたわけもなく悲しい気分になった。なんだかちょっと胸が重くなるような感じだった。それから引出しを閉めた。

女はベッドに腰かけたまま窓の外の風景を眺めていた。右手に持ったウォッカ・トニックのグラスは殆んどからになっていた。

僕は椅子に戻って新しい煙草に火を点けた。窓の外はなだらかな傾斜になっていて、その傾斜が終ったあたりから、またべつの丘が始まっていた。緑の起伏がどこまでも続き、そこに貼りつくように住宅地がつらなっていた。どの家にも庭があり、どの庭にも芝生がはえていた。

「どう思う？」と彼女は窓に目をやったまま言った。「彼女についてさ」

「会ったこともないのにわかりませんよ」と僕は言った。

「服を見れば大抵の女のことはわかるよ」と女は言った。

僕は恋人のことを考えた。そして彼女がどんな服を着ていたか思い出してみた。まるで思い出せなかった。僕が彼女について思い出せることは全部漠然としたイメージだった。僕が彼女のスカートを思い出そうとするとブラウスが消え失せ、僕が帽子を思い出そうとすると、彼女の顔は誰かべつの女の子の顔になっていた。ほんの半年前のことなのに何ひとつ思い出せなかった。結局のところ、僕は彼女についていったい何を知っていたのだろう？

「わかりません」と僕は繰り返した。

「感じでいいんだよ。どんなことでもいいよ。ほんのちょっとでも聞かせてくれればいいんだ」

僕は時間を稼ぐためにウォッカ・トニックをひと口飲んだ。氷は殆んど溶け、トニック・ウォーターは甘い水みたいになっていた。ウォッカの強い匂いが喉もとを過ぎ、胃に下りてぼんやりとした暖かみになった。窓から吹き込んだ風が机の上に煙草の白い灰を散らせた。

「とても感じのいいきちんとした人みたいですね」と僕は言った。「あまり押しつけがましくないし、かといって性格が弱いわけでもない。成績は中の上クラス。学校は女子大か短大、友だちはそれほど多くないけれど、仲は良い。……合ってますか？」

「続けなよ」

僕は手の中でグラスを何度か回してから机に戻した。「それ以上はわかりませんよ。だいいちいま言ったことだって合っているかどうかまるで自信がないんです」

「だいたい合ってるよ」と彼女は無表情に言った。「だいたい合ってる」

彼女の存在が少しずつ部屋の中に忍びこんでいるような気がした。彼女はぼんやりとした白い影のようだった。顔も手も足も、何もない。光の海が作りだしたほんのちょっとした歪みの中に彼女はいた。僕はウォッカ・トニックをもう一杯飲んだ。

「ボーイ・フレンドはいます」と僕は続けた。「一人か二人。わからないな。どれほどの仲かはわからない。でもそんなことはべつにどうだっていいんです。問題は……彼女がいろんなものになじめないことです。自分の体やら、自分の考えていることやら、自分の求めていることやら、他人が要求していることやら……そんなことにです」

「そうだね」としばらくあとで女は言った。「あんたの言うことはわかるよ」

僕にはわからなかった。僕のことばが意味していることはわかった。しかしそれが誰から誰に向けられたものであるかがわからなかった。僕はとても疲れていて、眠りたかった。眠ってしまえば、いろんなことがはっきりするような気がした。しかしいろんなことがはっきりすることで何かが楽になるとは思えなかった。

それっきり彼女はずっと口をつぐんでいた。僕も黙っていた。十分か十五分、そんな風にしていた。手もちぶさただったので、結局ウォッカ・トニックを半分飲んでしまった。風が少し強くなって、くすの木の丸い葉が揺れていた。

「ひきとめて悪かったな」としばらくあとで女は言った。「芝生がすごく綺麗に刈れてたからさ、嬉しかったんだよ」

「どうも」と僕は言った。

「金を払うよ」と女は言ってワンピースのポケットに白い大きな手をつっこんだ。「いくらだい？」

「あとでちゃんとした請求書をお送りします。銀行に振り込んで下さい」と僕は言った。

「ふうん」と女は言った。


我々はまた同じ階段を下りて同じ廊下を戻り、玄関に出た。廊下と玄関は往きと同じように冷やりとして、闇につつまれていた。子供の頃の夏、浅い川を裸足でさかのぼっていて、大きな鉄橋の下をくぐる時にちょうどこんな感じがした。まっ暗で、突然水の温度が下がる。そして砂地が奇妙なぬめりを帯びる。玄関でテニス・シューズをはいてドアを開けた時には本当にほっとした。日の光が僕のまわりに溢れ、風に緑の匂いがした。蜂が何匹か眠そうな羽音を立てながら垣根の上を飛びまわっていた。

「すごく綺麗に刈られてるよ」と女は庭の芝生を眺めながらもう一度そう言った。

僕も芝生を眺めた。たしかにすごく綺麗に刈れていた。

女はポケットからいろんなもの――実にいろんなもの――をひっぱり出して、その中からくしゃくしゃになった一万円札を選りわけた。それほど古くない札だったが、とにかくくしゃくしゃだった。十四、五年前の一万円といえばちょっとしたものだ。少し迷ったが、断らない方がいいような気がしたので受けとることにした。

「ありがとう」と僕は言った。

女はまだ何か言い足りなそうだった。どう言えばいいのかよくわからないみたいだった。よくわからないままに右手に持ったグラスを眺めた。グラスは空だった。それでまた僕を見た。

「また芝刈りの仕事を始めたら家《うち》に電話しなよ。いつだっていいからさ」

「ええ」と僕は言った。「そうします。それからサンドイッチとお酒ごちそうさまでした」

彼女は喉の奥で「うん」とも「ふん」ともわからないような声を出し、それからくるりと背を向けて玄関の方に歩いていった。僕は車のエンジンをふかせ、ラジオのスイッチを入れた。もうとっくに三時をまわっていた。

途中眠気ざましにドライブ・インに入ってコカ・コーラとスパゲティーを注文した。スパゲティーはひどく不味くて、半分しか食べられなかった。しかしどちらにしても、べつに腹なんか減ってはいなかったのだ。顔色の悪いウェイトレスが食器をさげてしまうと、僕はビニールの椅子に座ったままうとうとと眠った。店は空いていたし、良い具合にクーラーがきいていた。とても短い眠りだったので夢なんか見なかった。眠り自体が夢みたいなものだった。それでも目が覚めた時には太陽の光は幾分弱まっていた。僕はもう一杯コーラを飲み、さっきもらった一万円札で勘定を払った。

駐車場で車に乗り、キイをダッシュボードに載せたまま煙草を一本吸った。いろんな細々とした疲れが僕に向って一度に押し寄せてきた。結局のところ、僕はとても疲れていたのだ。僕は運転するのをあきらめてシートに沈みこみ、もう一本煙草を吸った。何もかもが遠い世界で起った出来事みたいな気がした。双眼鏡を反対にのぞいた時みたいに、いやに鮮明で不自然だった。

「あなたは私にいろんなものを求めているのでしょうけれど」と恋人は書いていた。「私は自分が何かを求められているとはどうしても思えないのです」

僕の求めているのはきちんと芝を刈ることだけなんだ、と僕は思う。最初に機械で芝を刈り、くまでてかきあつめ、それから芝刈ばさみできちんと揃える——それだけなんだ。僕にはそれができる。そうするべきだと感じているからだ。

そうじゃないか、と僕は声に出して言ってみた。

返事はなかった。

十分後にドライブ・インのマネージャーが車のそばにやってきて腰をかがめ、大丈夫かと訊ねた。

「少しくらくらしたんです」と僕は言った。

「暑いからね。水でも持ってきてあげようか？」

「ありがとう。でも本当に大丈夫です」

僕は駐車場から車を出し、東に向って走った。道の両脇にはいろんな家があり、いろんな庭があり、いろんな人々のいろんな生活があった。僕はハンドルを握りながらそんな風景をずっと眺めていた。背中では芝刈機がかたかたという音を立てて揺れていた。

＊

それ以来、僕は一度も芝生を刈っていない。いつか芝生のついた家に住むようになったら、僕はまた芝生を刈るようになるだろう。でもそれはもっと、ずっと先のことだという気がする。その時になっても、僕はすごくきちんと芝生を刈るに違いない。

土の中の彼女の小さな犬

窓の外では雨が降っていた。雨はもう三日も降りつづいていた。単調で無個性で我慢強い雨だった。

雨は僕がここに着いたのと殆んど同時に降りはじめた。翌朝目を覚ました時にも雨はまだ降っていた。夜眠る時にも雨は降りつづけていた。そんな繰り返しが三日つづいた。雨はただの一度も降りやまなかった。いや、そうじゃないかもしれない。実際には雨は何度か降りやんでいたのかもしれない。しかしもし仮に雨が降りやんでいたとしても、それは僕が眠ったり目を離したりしているあいだのことだった。僕が外に目をやっている限り、雨は休むことなく降りつづいていた。目が覚めるといつも雨が降っていた。

ある場合には雨というのは純粋に個人的な体験だ。つまり雨を中心にして意識が回転すると同時に意識を中心にして雨が回転する――すごく漠然とした言い方だけれど――ということがある。そういう時、僕の頭はひどく混乱してしまう。いま僕の眺めている雨がどちら側の雨なのかわからなくなってしまうからだ。しかしこのようなものの言い方はあまりにも個人的にすぎる。結局のところ、雨はただの雨なのだ。

四日めの朝、僕は髭を剃り、髪を整え、エレベーターで四階の食堂に上った。夜おそくまで一人でウィスキーを飲んでいたせいで胃はざらざらしていたし、朝食なんて食べたくもなかったが、かといって他にするべき何も思いつかなかった。僕は窓際の席に座り、朝食用メニューを上から下まで五回くらい眺めてから、あきらめてコーヒーとプレーン・オムレツを注文した。そして料理が来るまで雨を見ながら煙草を一本吸った。煙草には味がなかった。たぶんウィスキーを飲みすぎたせいだ。

六月の金曜日の朝で、食堂はがらんとして人気がなかった。いや、人気がないなんてものじゃない。テーブルが二十四とグランド・ピアノ、自家用プールくらいの大きさの油絵、そして客は僕一人だ。おまけに注文はコーヒーとオムレツだけ。白い上着を着た二人のウェイターは何をするともなくぼんやりと雨を眺めていた。

僕は味のないオムレツを食べてしまうと、コーヒーをすすりながら朝刊を読んだ。新聞はぜんぶで二十四ページあったが、くわしく読みたくなるような記事はひとつとして見あたらなかった。ためしに二十四ページめから逆にページを繰ってみたが結果は同じだった。僕は新聞を畳んでテーブルの上に置き、コーヒーを飲んだ。

窓からは海が見えた。いつもなら海岸線の数百メートル先に小さな緑の島が見えるはずだったが、今朝はその輪郭すらみつけることができなかった。雨が灰色の空と暗い海の境を完全に消しさっていた。雨の中で何もかもがぼんやりとにじんでいた。しかし何もかもがにじんで見えるのは僕が眼鏡を失くしてしまったせいかもしれない。僕は目を閉じて瞼の上から眼球をおさえた。右側の眼がひどくだるかった。しばらくあとで目を開けた時にも雨はまだ降りつづいていた。そして緑の島はその背後に押し隠されていた。

僕がコーヒー・ポットから二杯めのコーヒーをカップに注いでいる時、若い女が一人、食堂に入ってきた。白いブラウスの肩にブルーの薄いカーディガンをかけ、膝までの長さのさっぱりとした紺のスカートをはいていた。彼女が歩くとコツコツという気持の良い音がした。上等なハイヒールが上等な木の床を打つ音だ。彼女の出現によって、ホテルの食堂はやっとホテルの食堂らしくなった。ウェイターたちも少しほっとしたみたいに見えた。僕も同じ気持だった。

彼女は入口に立って食堂をぐるりと見まわした。それから一瞬戸惑った。それはそうだ。リゾート・ホテルの雨の金曜日とはいえ、朝食の席に客が一人というのはいくらなんでも寂しすぎる。年嵩の方のウェイターが間をおかずに彼女を窓際の席に案内した。僕のテーブルのふたつ隣りだ。

彼女は席につくと簡単にメニューを点検し、グレープフルーツ・ジュースとロールパンとベーコン・エッグとコーヒーを注文した。選ぶのに十五秒くらいしかかからなかった。ベーコンはよく焼いて下さい、と彼女は言った。どことなく人を使い慣れたしゃべり方だった。そういうしゃべり方がちゃんとあるのだ。

彼女は注文を終えるとテーブルに頬杖をついて、僕と同じように雨を眺めた。僕と彼女は向いあって座っていたので、僕はコーヒー・ポットの把手ごしにそれとなく彼女を観察することができた。彼女は雨を眺めていたが、彼女が本当に雨を眺めているのかどうか、僕にはよくわからなかった。彼女は雨の向う側だか雨のこちら側だかを眺めているみたいに見えた。僕は三日間もずっと雨を眺めていたものだから、雨の眺め方についてはかなり詳しくなっていた。雨を本当に眺めている人間とそうじゃない人間の区別くらいはつく。

彼女は朝にしてはずいぶんきちんとした髪をしていた。長くやわらかく、耳のあたりからほんの少しウェーブがかかっている。そして時々、額のまんなかでわけた前髪に指を走らせる。指はいつも右手の中指だった。そしていつもそのあとで手のひらをテーブルの上に置いてちらりと眺めた。きっと癖なんだろう。中指と人差指が少し離れて寄り添い、薬指と小指がそっと折り曲げられている。

どちらかといえばやせた方だ。背はそれほど高くない。美人といえなくもないけれど、唇の両端が独特な角度に曲っているのと瞼の厚ぼったさ——強固な偏見のようなものを感じさせる——が好みの分れるところだろう。僕の好みからいけばとりたてて悪い感じはしなかった。服装の趣味はよかったし、身のこなしもすっきりしていた。何よりもよかったのは雨の金曜日にリゾート・ホテルの食堂で一人で朝食をとっている若い女が発散しがちなあの独特の雰囲気がまったく感じられないことだった。彼女はごく普通にコーヒーを飲み、ごく普通にロールパンにバターを塗り、ごく普通にベーコン・エッグを口に運んでいた。たいして面白くはないけれど、とくに退屈してもいないといった風だった。

僕は二杯めのコーヒーを飲んでしまうとナプキンを畳んでテーブルの端に置き、ウェイターを呼んで勘定書きにサインした。

「今日もいちにち雨のようでございますね」とウェイターは言った。彼は僕に同情しているのだ。三日も雨に降りこめられている宿泊客を見れば誰だって同情する。

「そうですね」と僕は言った。

僕が新聞を脇にはさんで椅子から立ちあがった時も、女はコーヒー・カップを唇につけ、眉ひとつ動かさずに外の風景を眺めていた。まるで僕なんかそもそもの最初から存在しなかったみたいだった。

僕は毎年このホテルを訪れる。僕が泊まるのはだいたい宿泊料金が安くなるシーズン・オフである。夏や年末年始といったハイ・シーズンの料金は僕の収入からすれば少々贅沢すぎるし、おまけに地下鉄の駅みたいに混んでいる。四月とか十月なら申しぶんない。料金は四割がた安くなるし、空気は澄んでいるし、海岸には殆んど人影もなく、毎日食べつづけても食べ飽きないくらい美味い新鮮な牡蠣料理にもありつける。オードヴルが二品、スープ、メインディッシュが二品、全部牡蠣だ。

　もちろん空気と牡蠣料理以外にも僕がこのホテルを気に入っている理由はいくつかある。まず部屋が広いことだ。天井が高く、窓が大きく、ベッドが広く、ビリヤード台くらいの大きさの書き物机もある。何もかもがゆったりとしている。要するに長期滞在客が客層の大半を占めていた平和な時代にそのような人々の要求にこたえるために建てられた古いタイプのリゾート・ホテルなのだ。戦争が終り、有閑階級などという観念そのものが煙のように空中に消えてしまったあとも、ホテルだけは変ることなく黙々と生きつづけていた。ロビーの大理石の柱、踊り場のステンド・グラス、食堂のシャンデリア、擦り減った銀の食器、巨大な柱時計、マホガニーのチェスト、ハンドルを押して開け閉めする窓、風呂場のタイルのモザイク……僕はそういったものが好きだった。あと何年かたてば——たぶん十年とはかからないだろう——それらは全て消え失せてしまうに違いない。建物そのものの寿命も尽きかけていた。エレベーターはがたがたと揺れたし、冬場のダイニング・ルームはまるで冷蔵庫の中にいるみたいに寒かった。改築の時期が迫っていることは明らかだった。誰にも時間を止めることはできない。僕はただその改築の時期が少しでも先に伸びることを望んでいた。改築された新しいホテルの部屋が現在の四メートル二十センチの天井高を維持するだろうとは思えなかったからだ。だいいちいったい誰が四メートル二十センチもの高さの天井を求めるだろう？

　僕は度々ガール・フレンドをつれてこのホテルを訪れた。何人かのガール・フレンドだ。我々はここで牡蠣料理を食べ、海岸を散歩し、四メートル二十センチの天井の下でセックスをし、広々としたベッドの上で眠った。

僕の人生そのものがラッキーであるかどうかは別にして、このホテルに関する限り、僕はラッキーだった。このホテルの屋根の下にいる限り我々の関係は――僕と彼女たちの関係は――うまく運んだ。仕事もうまく行った。つきは僕の方にあった。時間はゆっくりと、しかし淀むことなく流れた。

つきが変ったのは少し前だ。いや、つきが変ったのはずっと前のことで、僕がただそれに気がつかなかったというだけのことなのかもしれない。そんなことはわからない。しかしとにかく、つきが変ったのだ。それは確かだった。

まずガール・フレンドと喧嘩をした。次に雨が降りはじめた。そして最後に眼鏡のレンズを割ってしまった。これだけあれば十分だ。

二週間前に僕はホテルに電話をかけ、ダブルの部屋を五日間予約した。最初の二日で仕事を仕上げ、残りの三日をガール・フレンドと二人でのんびり過すつもりだった。しかし旅行に出る三日前に前にも言ったように僕と彼女はちょっとした喧嘩をした。おおかたの喧嘩がそうであるように発端はほんの些細なことだった。

我々はどこかの店で酒を飲んでいた。土曜日の夜で、店は混んでいた。我々はお互いに少し苛々していた。我々の入った映画館は満員で、おまけに映画は評判ほどは面白くなかった。空気もひどく悪かった。僕の方は仕事の連絡がうまくつかず、彼女の方は生理期間の三日めだった。いろんなことがかさなっていた。我々のテーブルの隣りには二十代半ばの男女が座っていた。二人ともひどく酔払っていた。女の方が急に立ちあがろうとして僕のガール・フレンドの白いスカートにカンパリー・ソーダをまるまるグラス一杯ぶんこぼした。女が謝りもしなかったので、僕が文句を言うと、連れの男が出てきて口論になった。相手の男の方が体格は上だったが、僕の方は素面だった。五分と五分だった。店じゅうの客が僕たちの方を見た。バーテンダーがやってきて、喧嘩するんなら勘定を払って外に出てからやってくれと言った。我々四人は勘定を払って外に出た。外に出てしまうと、みんなそれ以上喧嘩する気がなくなってしまった。女が謝り、男がクリーニング代とタクシー代を出した。僕はタクシーをつかまえ、ガール・フレンドを彼女のアパートまで送った。

アパートにつくと彼女はスカートを脱ぎ、洗面所で洗った。そのあいだ僕は冷蔵庫からビールを出し、テレビのスポーツ・ニュースを見ながら飲んだ。ウィスキーが飲みたかったけれど、ウィスキーはなかった。彼女がシャワーを浴びる音が聞こえた。机の上にクッキーの缶があったので、僕は何枚かかじった。

シャワーから出ると彼女は喉が乾いたと言った。僕はもう一本ビールを開け、二人で飲んだ。どうしていつまでも上着着てるの、と彼女が言った。僕は上着を脱ぎ、ネクタイをとり、靴下を脱いだ。スポーツ・ニュースが終ると、僕はチャンネルをがちゃがちゃとまわして映画の番組を探した。映画はやっていなかったので、オーストラリアの動物についてのドキュメンタリー番組をつけておいた。

こんな風にやっていくのは嫌だ、と彼女は言った。こんな風に？　週に一度のデートとセックス、また一週間がたって、またデートとセックス……いつまでこんな風にやってくの？

彼女は泣いた。僕は慰めたが、うまくいかなかった。

翌日の昼休みに仕事場に電話してみたが、彼女はいなかった。夜になってアパートにも電話したが誰も出なかった。その次の日も同じだった。そして僕はあきらめて旅行に出た。

雨はあいかわらず降りつづいていた。カーテンもシーツもソファーも壁紙も、何もかもが湿っていた。エア・コンディショナーの調整つまみは狂っていて、スイッチを入れると寒くなりすぎたし、切ると部屋は湿気でいっぱいになった。仕方なく窓を半分あけてエア・コンディショナーをつけてみたが、あまり効果はなかった。

僕はベッドに寝転んで煙草を吸った。仕事にはまるで手がつかない。ここに来て以来、一行も文章を書いていない。僕はベッドに寝転んで推理小説を読んだり、テレビを見たり、煙草を吸ったりしている。外では雨が降りつづいている。

僕はホテルの部屋から彼女のアパートに何度か電話をかけてみた。誰も出なかった。電話の信号音だけがいつまでも鳴りつづけた。彼女は一人でどこかにでかけてしまったのかもしれない。あるいは電話には一切出ないことに決めたのかもしれない。受話器をもとに戻すと、あたりはいつもしんとした。天井が高いおかげで、沈黙は空気の柱のように感じられた。

その日の午後、僕は朝食の席でみかけたあの若い女と図書室でもう一度顔を合わせた。

図書室は一階のロビーのずっと奥の方にある。長い廊下を辿り、階段を何段か上ると、渡り廊下のついた洋館づくりの小さな別棟に出る。上から見ると左側が八角形のちょうど半分、右側が正方形のちょうど半分という幾分変った作りの建物である。その昔は暇を持てあました逗留客に結構重宝されたのだろうが、今では利用する客なんて殆んどいない。蔵書の数はそこそこのものだが、その殆んどは時代にとり残された遺物のようなものだった。余程の物好きでなければ手にとって眺める気もおきないだろう。右手の正方形の部分に書架が並び、左手の八角形の部分に書き物机とソファー・セットが置いてある。テーブルの上の一輪差しにはあまり見たことのない土地の花が飾ってあった。部屋にはちりひとつ落ちていない。

僕は三十分かけて、かび臭い書架からずっと昔に読んだことのあるヘンリー・ライダー・ハガードの冒険小説をみつけだした。古い英文のハード・カバーで、裏に寄贈者（なのだろう）の英国人の名前が書いてあった。本にはところどころに挿絵が入っていた。僕が以前に読んだ版の挿絵とはずいぶん感じが違うような気がした。

僕は本を持って出窓のへこみに腰を下ろし、煙草に火をつけ、ページを繰った。ありがたいことに話の筋は大方忘れていた。これでなんとか一日か二日ぶんの退屈はまぎらせそうだった。僕が本を読み始めて二十分か三十分たった頃、彼女が図書室に入ってきた。彼女は中には誰もいないと思っていたらしく、出窓に座って本を読んでいる僕の姿を見て少し驚いたようだった。僕は一瞬迷ったが、一呼吸置いて軽く会釈した。彼女も会釈を返した。彼女は朝食の時と同じ服を着ていた。

彼女が本を探しているあいだ、僕は黙って本を読みつづけていた。彼女は朝と同じようにコツコツという小気味の良い靴音を響かせながら書架から書架へと歩いた。沈黙がひとしきりあって、それからコツコツという靴音がつづいた。書架の陰になって姿こそ見えなかったが、彼女が気に入った本をみつけられずにいることは足音の調子でわかった。僕は苦笑した。この図書室には若い女の子の興味をひきそうな本なんて一冊もないのだ。

やがて彼女はあきらめたように手ぶらのまま書架の列を離れ、僕の方に歩いてきた。靴音が僕の前で止まると、品の良いオーデコロンの匂いがした。

「煙草をいただけるかしら」と彼女は言った。

僕は胸のポケットから煙草の箱を取り出し、二、三度縦に振ってから相手の方に向けた。そして彼女が一本抜きとって唇にくわえたところで、ライターで火を点けた。彼女はほっとしたように煙を吸い込み、ゆっくりと吐き出し、それから窓の外に目をやった。

近くで見ると、彼女は最初の印象より三、四歳は老けて見えた。いつも眼鏡をかけている人間が眼鏡を失くしてしまうと、大抵の女は実際より若く見える。僕は本のページを閉じて指の腹で目をこすった。それから右手の中指で眼鏡のブリッジを押しあげようとして、眼鏡がないことに気づいた。眼鏡がないというだけで人はずいぶん手持ち無沙汰になってしまうものなのだ。我々の日常生活はほとんど意味のない些細な動作の集積で成立している。

彼女は時折煙草を吹かしながら、何も言わずに窓の外を眺めていた。まともな人間なら沈黙の重さに耐え切れなくなるくらい長く彼女は黙っていた。はじめのうちは何かをしゃべろうとして言葉を探しているようにも見えたが、そのうちに彼女の方にはそんな気がまるでないことがわかった。仕方なく僕が口を開いた。

「何か面白そうな本はありましたか?」

「まるでないのよ」と彼女は言った。そして唇を閉じたまま微笑んだ。唇の両端がほんの少しだけ盛りあがった。「なんだかわけのわかんない本ばかり。いったいいつ頃の本なのかしら?」

僕は笑った。「昔の風俗小説が多いんですよ。戦前から昭和二十年、三十年代くらいのね」

「誰か読むのかしら?」

「誰も読まないでしょう。三十年か四十年経っても読む価値のある本なんて百冊に一冊です」

「どうして新しい本を置かないの?」

「誰も利用しないからですよ。今ではみんなロビーの雑誌を読んだり、テレビ・ゲームをやったり、テレビを見たりするんです。それに本を一冊読みあげるほど長逗留する人はもうあまりいないですからね」

「たしかにそれはそうね」と彼女は言った。そして近くにあった椅子を手もとに寄せ、腰を下ろして足を組んだ。「あなたはそういう時代が好き？　いろんなことがもっとのんびりしていたり、物事がもっと単純だったり……そういう時代のこと」

「いや」と僕は言った。「べつにそういうわけじゃないんです。その時代に生まれていたとしたら、それはまたそれで腹を立てていたと思う。たいした意味はないんです」

「きっと消えてしまったものが好きなのね」

「そうかもしれないですね」

そうかもしれない。

我々はまた黙って煙草を吸った。

「でもとにかく」と彼女が言った。「読む本が一冊もないというのはちょっと問題よね。過去の淡い光もいいけれど、雨に降りこめられてテレビも見飽きて時間をもてあましている客のことも少しは考えてくれてもいいんじゃない？」

「一人なんですか？」

「ええ、一人」と彼女は言って自分の手のひらを見た。「旅行する時はいつも一人よ。誰かと一緒に旅行するのってあまり好きじゃないの。あなたは？」

「たしかにそうですね」と僕は言った。まさかガール・フレンドにすっぽかされたなんて言えない。

「もし推理小説でよければ何冊か持っていますよ」と僕は言った。「新しいものだから気に入るかどうかはわからないけれど、読むんだったら貸してあげますよ」

「ありがとう。でも明日の午後にはもうここを発つつもりだから、たぶん読み切れないんじゃないかしら」

「構いませんよ。差し上げます。どうせ文庫本だし、荷物になるからここに置いていこうと思っていたくらいです」

彼女はもう一度微笑んで、それから手のひらに目をやった。

「じゃあ、ありがたく頂くわ」と彼女は言った。

僕はいつも思うのだけれど、物をもらい慣れるというのも偉大な才能のひとつだ。

僕が本を取りに行っているあいだコーヒーでも飲んでいる、と彼女は言った。それで我々は図書室を出てロビーに移った。僕は退屈そうなウェイターをつかまえてコーヒーを二杯注文した。天井には巨大な扇風機が下がっていて、それが部屋の空気をゆっくりとかきまわしていた。あまり変りばえのしない湿った空気が上に行ったり下に行ったりするだけだ。

コーヒーが来るまでに僕はエレベーターで三階に上り、部屋から二冊の本を取って戻ってきた。エレベーターの脇にはよく使い込まれた革のスーツ・ケースが三つ並んでいた。どうやら新しい泊り客がやってくるようだった。スーツ・ケースは主人を待っている年老いた三匹の犬みたいに見えた。

　僕が席に戻ると、ウェイターが平たいコーヒー・カップにコーヒーを注いでくれた。白い細かい泡が表面を覆い、やがて消えていった。僕はテーブル越しに彼女に本を渡した。彼女は本を受けとり、タイトルを眺め、それから小さな声で「ありがとう」と言った。少なくともそんな風な形に唇が動いた。彼女がその二冊の本を気に入ったのかどうかは僕にはわからなかったが、それはべつにどちらでもいいことだった。何故だかはわからないけれど、とにかく彼女にとってはどちらでもいいことなんじゃないかという気がした。

　彼女はテーブルの上に本を重ねて置き、コーヒーをひとくちだけ飲んだ。それからもう一度カップを下に置き、グラニュー糖をスプーンに軽く一杯入れてかきまわし、クリームをカップのふちから細く注いだ。クリームの白い線が綺麗な渦を描いた。やがてその線は混りあい、薄い白い膜になった。彼女は音を立てずにその膜をすすった。

　指は細く、滑らかだった。彼女は把手を軽くつまむようにしてカップを支えていた。小指だけがまっすぐ空中に伸びていた。指輪も、指輪のあともなかった。

　僕と彼女は窓の外を眺めながら黙ってコーヒーを飲んだ。開け放しになった窓から雨の匂いがした。雨には音がなかった。風もない。不規則な間隔をとって窓の外を落ちていく雨だれにも音はなかった。雨の匂いだけが部屋の中にそっと忍び込んできた。窓の外に並んだあじさいの花がまるで小動物のように並んで六月の雨を受けていた。

「ここに長くいらっしゃるの？」と彼女が僕に訊ねた。

「そうですね。五日くらいかな」と僕は言った。

彼女はそれについては何も言わなかった。とりたてて感想というほどのものもないようだった。

「東京からいらっしゃったの？」

「そうです」と僕は言った。「あなたは？」

女は笑った。今度はほんの少しだけ歯が見えた。「東京じゃないわ」

答えようがないので僕も笑った。そしてコーヒーの残りを飲んだ。

いったいどうすればいいのか、僕にはよくわからなかった。さっさとコーヒーを飲んでカップを皿に戻し、にっこり笑って話を切り上げ、コーヒー代を払って部屋に引き上げてしまうのがいちばんまともなやり方であるように思えた。しかし僕の頭の中で、何かがひっかかっていた。時々そういうことがある。うまく説明できない。勘のようなものだ。いや、勘と呼べるほどはっきりしたものでもない。あとになってみればまるで思いだせないくらい微かな何かだ。

　そういう時、僕は自分の方からは何ひとつ行動を起さないことに決めている。状況のままに身をまかせ、事の成り行きを見届ける。もちろんそれがはずれに終る場合だってある。しかしよく言われるように、ほんの小さなことが先に行ってとてつもなく大きな意味を持ち始めることだってないわけではないのだ。

僕は心を決めてコーヒーを飲み干し、深々とソファーにもたれて足を組んだ。我慢比べのような沈黙がいつまでもつづいた。彼女は窓の外を眺め、僕は彼女を眺めていた。正確に言えば、僕は彼女を眺めていたのではなく、彼女のちょっと手前の空間を眺めていた。眼鏡を失くしたおかげで、長いあいだ一ヵ所に焦点をあわせておくことができないのだ。

今度は相手の方が少しじれたようだった。彼女はテーブルの上の僕の煙草を取り、ホテルのマッチを擦って火を点けた。

「あてていいですか？」とタイミングをみはからって僕は訊ねた。

「あてるって、何を？」

「あなたのことについてです。どこから来ただとか、何をしているかだとか……そういうこと」

「いいわよ」と彼女はなんでもなさそうに言った。そして灰皿の中に煙草の灰を落とした。「あててみて」

僕は唇の前で両手の指を組んで目を細め、精神を集中するふりをした。

「何か見えてきた？」とからかうような口調で彼女は言った。

僕はそれを無視して彼女を眺めつづけた。女の口もとに神経質そうな微笑が浮かび、そして消えた。ペースが少し狂いはじめているのだ。頃あいをみて僕は指をほどき、身を起した。

「あなたはさっき、東京から来たんじゃないって言いましたね」

「ええ」と彼女は言った。「そう言ったわ」

「それは嘘じゃない。でもその前にずっと東京に住んでいたでしょ？　そうだな……二十年くらいかな」

「二十二年よ」と彼女は言って、マッチ箱からマッチ棒をとりだし、手をのばして僕の前に置いた。「まずあなたが一点」。そして煙草をふかせる。「面白そうだわ。つづけて」

「そんなに急いではやれませんよ」と僕は言った。「時間がかかるんです。ゆっくりやりましょう」

「いいわよ」

僕は二十秒ばかり、また精神を集中するふりをした。

「あなたが今住んでいる場所は、ここから見て……西の方向ですね」

彼女は二本めのマッチ棒をローマ数字のⅡの格好になるように置いた。

「悪くないでしょ？」

「立派なものよ」彼女は感心したように言った。「プロなの？」

「ある意味ではそうです。プロのようなものです」と僕は言った。たしかにそのとおりなのだ。言語に関する基礎的な知識と微妙なイントネーションの違いを聞きわけることのできる耳さえ持っていれば、これくらいのことはわかる。そしてそのような人間観察に関していうなら、僕だってプロと言えなくもない。問題はその先だ。

僕は初歩的なところから始めることにした。

「独身ですね」

彼女は左手の指先をしばらくこすりあわせてから手を広げた。「指輪ね……でもまあいいわ。これで三点」

僕の前に三本のマッチがⅢの形に並んだ。そこで僕はまた少し間を置いた。調子は悪くない。ただ頭が微かに痛むだけだ。これをやっているといつも頭が痛くなる。精神を集中するふりをするためだ。馬鹿馬鹿しい話だけれど、精神を集中するふりをするのは本当に精神を集中するのと同じくらい疲れるのだ。

「それから？」と女がせかせた。

「ピアノは子供の頃からですか？」と僕は言った。

「五つの時からよ」

「プロでやってるんですね？」

「コンサート・ピアニストじゃないけれど、まあプロね。半分はレッスンで食べているようなものよ」

四本め。

「どうしてわかるの？」

「プロは手口を説明しないものですよ」

彼女はくすくす笑った。僕も笑った。でもタネをあかせばとても簡単なことなのだ。プロのピアニストは無意識に特殊な指の動かし方をするし、そのタッチを見ていれば——それがたとえ朝食のテーブルを叩いていたとしても——プロとアマチュアのみわけくらいはつくものなのだ。僕は昔ピアノ弾きの女の子とつきあっていたから、その程度のことはわかる。

「一人暮しですね？」と僕はつづけた。根拠はない。ただの勘だ。ひととおりのウォーミング・アップを済ませると、ちょっとした勘が働くようになってくる。

彼女は唇をすぼめていたずらっぽく前につきだし、それから新しいマッチ棒を出して、これまでの四本の上にはすに置いた。

雨はいつの間にか小降りになっていた。降っているのかいないのか目をこらさなければわからないくらいの雨だ。遠くで車のタイヤが砂利を噛む音がした。海岸通りからホテルの玄関に通じる坂道を車が上ってくる音だ。フロントに待機していたボーイが二人、その音を聞きつけて大股にロビーを横切り、客を迎えるために玄関の外に出た。一人は大きな黒い傘を持っていた。

やがて玄関の広い車寄せに黒塗りのタクシーが姿を見せた。客は中年の男女だった。男はクリーム色のゴルフ・ズボンの上に茶色い上着を着て、縁の狭い帽子をかぶっていた。ネクタイはつけていない。女は草色のつるりとした生地のワンピースを着ていた。男の方はがっしりとした体格で、よく日焼けしていた。女はハイヒールをはいていたが、それでも男の方が頭ひとつぶん背が高かった。

一人のボーイがタクシーのトランクからスーツ・ケースを二つとゴルフ・バッグを取り出し、

あとの一人が傘を開いて客の方にさしかけた。男の方が手を振って傘を断った。雨はもう殆んどあがったようだった。タクシーが視界から消えてしまうと、それを待っていたように一斉に鳥が鳴き始めた。

　女が何か言ったような気がした。

「失礼？」と僕は言った。

「今の二人、夫婦だと思う？」と彼女は繰り返した。僕は笑った。

「さあ、どうかな、わからないな。一度にいろんな人のことを考えるわけにはいきませんからね。もう少しあなたのことを考えてみたいな」

「私はなんていうか……対象として面白いのかしら？」

　僕は背筋をのばして、ため息をついた。「そうですね、あらゆる人間は等しく面白いんです。これが原則です。でも原則だけではうまく説明のつかない部分がある。それはまた同時に自分の中のうまく説明のつかない部分でもあるんです」僕はそれにつづく適当なことばを捜してみたが結局みつからなかった。「そういうことです。まわりくどい説明だとは思うけれど」

「よくわからないわ」

「僕にもわからない。でも、とにかくつづきをやりましょう」

　僕はソファーに座りなおし、唇の前でもう一度指を組んだ。女はさっきと同じ姿勢のまま僕の方を見ていた。僕の前にはマッチ棒が五本きれいに並んでいた。僕は何度か深呼吸して勘が戻ってくるのを待った。たいしたものじゃなくていい。ほんのささやかなヒントでいいのだ。

「あなたはずっと広い庭のある家に住んでいたでしょう？」と僕は言った。これは簡単だ。彼女の着こなしや身のこなしを見れば育ちの良さはすぐにわかる。それに子供を一人ピアニストに育てあげるためには相当な金がかかる。音の問題もある。団地にグランド・ピアノを入れるわけにもいかない。広い庭のある家に住んでいたっておかしくない。

しかし僕がそう言い終った瞬間、何かしら不思議な手応えがあった。彼女の視線が凍りついたように僕に向けられていた。

「ええ、たしかに……」と彼女は言いかけて少し混乱した。「たしかに広い庭のある家に住んでいたわ」

キー・ポイントは庭という箇所にあるように感じられた。僕はためしにもう少しつっこんでみることにした。

「庭について何か思いでがあるでしょう？」と僕は言った。

彼女は長いあいだ黙って自分の手を眺めていた。とても長いあいだだったが、やがて顔を上げた時には彼女は既に自分のペースを取り戻していた。

「そういうのってフェアじゃないんじゃないかしら？　だってそうでしょ、誰だって庭のある家に長く住んでいれば庭についての思いでのひとつくらいはあるわ。そうでしょ？」

「たしかにそうです」と僕は認めた。「そういうことにして、別の話をしましょう」

僕はそのまま何も言わずに首を窓の外に向け、あじさいの花を眺めた。長くつづいた雨があじさいをくっきりとした色に染めあげていた。

「ごめんなさい」と彼女は言った。「そのことについてもう少し聞きたいわ」

僕は煙草を口にくわえてマッチを擦った。「でもそれはあなたの問題ですよ。そのことについては僕よりあなた自身の方がずっと詳しいんじゃないんですか」

煙草が一センチ燃えるあいだ彼女は黙っていた。灰が音もなくテーブルの上に落ちた。

「あなたにはどんなことが……つまり、どの程度のことが見えるの？」と女が言った。

「僕には何も見えませんよ」と僕は言った。「それがもし霊感とかそういう意味であるとすればね。僕は何も見えません。正確に言えば感じるだけです。暗闇でものを蹴とばしてるのと同じなんです。そこに何かがあることはわかる。でもそれがどんな形をしてどんな色をしているかまではわかりません」

「でもあなたはさっきプロだって言ったわ」

「僕は文章を書いてるんです。インタビュー記事だとか、ルポルタージュだとか、そんなものでです。たいした文章じゃないけれど、それでも人間を観察するのが僕の仕事ですからね」

「なるほど」と彼女は言った。

「ということでやめにしましょう。雨も止んだようだし、種あかしも済みましたしね。暇つぶしにつきあってもらった御礼にビールでも御馳走しますよ」

「でもどうして庭なんてものが出てきたの?」と彼女は言った。「他にいくらでも考えつくものがあったはずよ。そうでしょ? どうして庭なの?」

「偶然ですよ。いろいろとやっているうちにたまたま本物にぶつかっちゃうことがあるんです。気を悪くしたんなら謝ります」

彼女は微笑んだ。「いいのよ。ビールを飲みましょう」

僕はウェイターに合図をして、ビールを二本注文した。テーブルの上のコーヒー・カップとシュガー・ポットが下げられ、灰皿が新しくなり、それからビールがやってきた。グラスはよく冷えていて、まわりに白く霜がついていた。女が僕のグラスにビールを注いでくれた。我々はグラスをほんの少しだけ上にあげてしるしだけの乾杯をした。冷たいビールを飲み下すと首のうしろの窪みが針で射したように痛んだ。

「あなたはよく……こういうゲームをやるの?」と女が訊ねた。「ゲームって言っていいのかしら?」

「ゲームです」と僕は言った。「たまにしかやりません。これでも結構疲れるんですよ」

「何故やるの? 自分の能力を確かめるため?」

僕は肩をすくめた。「いいですか、これは能力っていうほどのものじゃないんです。僕は霊感に導かれているわけでもないし、普遍的な真実を語っているわけでもない。僕は目に見える事実を事実としてしゃべっているだけです。それ以上の何かがあるとしても、それは能力と呼べるほどのものじゃない。さっきも言ったように、暗闇であやふやに感じることを、あやふやな言葉に変えているだけです。ただのゲームです。能力というのはもっと別のものです」

「でも相手がそれをただのゲームだとは感じなかったら？」

「つまり、僕が無意識のうちに相手の中にある不必要な何かを引き出してしまったら、ということですか？」

「まあ、そういうことね」

僕はビールを飲みながら、そのことについて考えてみた。

「そんなことが起るとは思えないな」と僕は言った。「それにもし起ったとしても、それは特殊な出来事だとは言えないでしょう。そんなのはあらゆる人間関係の中で日常的に起っていることです。違いますか？」

「そうね」と彼女は言った。「たしかにそうかもしれないわ」

我々は黙ってビールを飲んだ。そろそろ引きあげ時だった。僕はとても疲れていたし、頭の痛みもだんだんひどくなっていた。

「部屋に帰って少し横になります」と僕は言った。「僕はなんだかいつも余計なことを言ってるような気がする。それでいつも後悔するんです」

「大丈夫よ。気にしないで。なかなか楽しかったわ」

僕は肯いて立ちあがり、テーブルの端の伝票を取ろうとした。彼女が素早く手をのばして僕の手の上に重ねた。つるりとした感触の長い指だった。冷たくもなく暖かくもない。

「私に払わせて」と女が言った。「あなたを疲れさせちゃったみたいだし、本も頂いたことだし」

僕は少し迷い、それからもう一度彼女の指の感触をたしかめた。

「じゃあ、御馳走になります」と僕は言った。彼女は軽く手をあげた。僕は会釈をした。テーブルの僕の側にはまだマッチ棒が五本、きれいに並んでいた。

僕はそのままエレベーターの方に進みかけたが、一瞬何かが僕を押しとどめた。彼女に対していちばん最初に感じた何か《ヽヽ》だった。僕はまだそれをきちんと解決していないのだ。僕は足を止めたまま、しばらく迷った。そして結局それを片づけてしまうことにした。僕はテーブルに戻って彼女のわきに立った。

「最後にひとつだけ質問していいですか？」と僕は言った。

彼女はちょっとびっくりしたように僕を見上げた。「ええ、いいわよ。どうぞ」

「どうしてあなたはいつも右手を眺めるんですか？」

彼女は反射的に右手に目をやった。それからすぐに僕の顔を見上げた。表情が彼女の顔から滑り落ちるように消えた。一瞬何もかもが静止した。彼女の右手は甲を上にしてテーブルの上に伏せられていた。

沈黙が針のように鋭く僕を射した。あたりの空気ががらりと変ってしまった。僕はどこかでしくじってしまったのだ。しかし僕が口にした科白のいったいどこが間違いだったのかがわからなかった。だから彼女に対してどういう風に謝ればいいのかもわからなかった。僕は仕方なく、両手をポケットにつっこんだまましばらくそこに立っていた。

彼女はそのままの姿勢でじっと僕を見つめていたが、やがて顔をそらせテーブルの上に目をやった。テーブルの上には空になったビール・グラスと彼女の手があった。彼女はたしかに僕に消えてほしがっているように見えた。

*

目が覚めた時、枕もとの時計は六時を指していた。エア・コンディショナーがきかないのと妙に生々しい夢をみたのとが重なって、体はぐっしょりと汗をかいていた。意識が目覚めてから、手足がうまく動かせるようになるまでに、ずいぶん長い時間がかかった。生あたたかく湿ったシーツの上に魚のように横たわったまま、僕は窓の外の空を眺めた。雨はもうすっかりあがり、空を覆っていた淡い灰色の雲はところどころに切れめを見せはじめていた。雲は風に流されていた。切れめが微妙にその形を変化させながらゆっくりと窓枠を横切っていった。風は南西から吹いていた。そして雲が移動するにつれて、青空の部分が急激に増えていった。じっと空を眺めているうちに色がにじみはじめたので、それ以上眺めるのをやめた。とにかく天気は回復しつつあるのだ。

僕は、枕の上で首を曲げて、もう一度時刻を確認した。六時十五分。しかしそれが夕方の六時十五分なのかそれとも朝の六時十五分なのかわからなかった。夕方であるような気もしたし、朝であるような気もした。テレビを点ければどちらかわかるのだろうけれど、わざわざテレビの前まで歩いて行く気は起きなかった。

たぶん夕方なんだろう、と僕はとりあえず判断した。ベッドに入ったのは三時すぎだし、十五時間も眠るなんてことはまずあり得ないからだ。でもそれはたぶんでしかなかった。僕が十五時間眠らなかったという確証は何ひとつないのだ。いや、二十七時間眠らなかったという確証さえないのだ。そう考えるとひどく悲しい気持になった。

ドアの外で誰かの話し声が聞こえた。誰かが誰かに対して文句を言っているようなしゃべり方だった。時間はおそろしくゆっくりと流れていた。ものを考えるのに必要以上に時間がかかった。ひどく喉が乾いていたが、それが乾きであることがわかるまでにしばらくかかった。僕は力をふりしぼってベッドから起きあがり、水さしの冷たい水をたてつづけにグラスに三杯飲んだ。グラス半分ばかりが胸をつたって床に落ち、グレーのカーペットを黒く染めた。水の冷ややかさが頭のしんに届いてしみのように広がった。それから僕は煙草を吸った。

窓の外に目をやると雲の陰影はさっきより幾分濃くなっているようだった。やはり夕方なのだ。夕方でないわけがないのだ。

僕は煙草をくわえたまま裸になって浴室に入り、シャワーの栓をひねった。熱い湯が音を立てて浴槽を打った。古い浴槽にはところどころにひびのようなものが入っていた。金具は一様に黄色く変色している。

僕は湯の温度を調節してから浴槽の縁に腰を下ろし、何をするともなく排水口に吸い込まれていく湯を眺めた。やがて煙草が短くなると、それを湯の中につっこんで消した。ひどく体がだるい。

それでもシャワーを浴びて髪を洗い、ついでに髭を剃ってしまうと気分はいくらかましになった。窓を開けて外の空気を入れ、もう一杯水を飲み、髪を乾かしながらテレビのニュースを見た。やはり夕方だった。間違いない。いくらなんでも十五時間も眠るわけがないのだ。

夕食をとりに食堂に行ってみると、テーブルは四つふさがっていた。先刻到着した中年の男女の姿も見えた。あとの三卓はきちんとネクタイをしめ、スーツを着こんだ初老の男たちで占められていた。遠くから見る限りみんな同じくらい身なりがよく、同じくらい年をとっていた。弁護士か医者の集りといった感じだった。このホテルで団体客を見たのははじめてだった。しかし何はともあれ、彼らのおかげで食堂はやっと本来の活気をとり戻していた。

僕は朝と同じ窓際の席をとり、メニューを眺める前にとりあえずスコッチ・ウィスキーのストレートを注文した。ウィスキーをなめているうちに、頭がほんの少しすっきりした。記憶の断片がひとつずつ、しかるべき場所に埋め込まれていった。雨が三日間降りつづいていたことや、朝からオムレツ一皿しか食べていないことや、図書室で女と会ったことや、眼鏡を割ってしまったことや……。

僕はウィスキーを飲んでしまうと、ざっとメニューを眺めてスープとサラダと魚料理を注文した。あいかわらず食欲はなかったけれど一日にオムレツ一皿というわけにもいかない。注文を済ませ、冷たい水を飲んで口の中のウィスキーの匂いを消してから、もう一度食堂を見渡した。やはり女の姿はない。僕は少なからずほっとし、そして同時に少なからずがっかりもした。もう一度あの若い女に会いたいのか会いたくないのか、自分でもよくわからなかった。どちらでもいい。

それから僕は東京に残してきたガール・フレンドのことを考えた。そして彼女とつきあいはじめて何年になるのか勘定してみた。二年と三ヵ月だった。二年と三ヵ月というのはなんとなくきりの悪い数字であるような気がした。まともに考えれば、僕は三ヵ月ぶん必要以上に長く彼女とつきあったということになるのかもしれない。でも、僕は彼女を気に入っていたし、別れる理由は——少なくとも僕の方には——何もなかった。

別れたい、と彼女は言うかもしれない。たぶんそう言うに違いない。それに対して僕はどう言えばいいのだろう。僕は君を気に入っているし別れる理由なんてない、とでも言えばいいのだろうか？　いや、そんなのはどう考えたって馬鹿気ている。たとえ僕が何を気に入っていたところで、そんなものには何の意味もないのだ。僕は去年のクリスマスに買ったカシミアのセーターも気に入っているし、ストレートで飲む高いウィスキーも気に入っているし、高い天井と広々としたベッドも気に入っているし、ジミー・ヌーンの古いレコードも気に入っているし……要するにそれだけのことなのだ。僕には彼女をひきとめるだけの根拠は何ひとつなかった。

彼女と別れて、また新しい女の子を探すことを考えると、僕はうんざりした。何もかもをまた最初からやりなおすことになる。

僕はため息をついて、それ以上何も考えないことにした。どれだけ考えたって物事はなるようにしかならないのだ。

日はすっかり暮れて、窓の下には暗い布地のような海が広がっていた。雲はまばらになり、月の光が砂浜と白く砕ける波を照らしていた。沖の方には船の黄色い光がぼんやりと滲んでいた。身なりの良い男たちはテーブルごとにワインのボトルを傾けながら、世間話をしたり大声で笑ったりしていた。僕は黙って一人で魚を食べた。食べ終ると、あとには魚の頭と骨だけが残った。クリーム・ソースはパンですくって綺麗に食べた。それからナイフで頭と骨とを切り離した。そして真白になった皿の上に魚の頭と魚の骨を平行に置いた。べつに意味なんてない。そうしてみたかっただけだ。

やがて皿が下げられ、コーヒーが運ばれてきた。

部屋のドアを開けた時、床に紙片が落ちた。僕は肩でドアを押し開けたままかがみ込んでそれを拾った。ホテルのマークの入った草色のメモ用紙に、黒いボールペンで細かい字が書きこんであった。僕はドアを閉めてソファーに腰を下ろし、煙草に火をつけてからメモを読んだ。

昼間はごめんなさい。雨もあがったことだし、退屈しのぎに散歩でもしませんか？　よろしかったら九時にプールでお待ちしております。

僕は水を一杯飲んでからメモを読みかえした。同じ文句だった。

プール？

僕はこのホテルのプールのことはよく知っていた。プールは裏手の丘の上にある。泳いだことはないが、何度か見たことはある。広いプールで、三方を木立に囲まれている。一方からは海が見下ろせる。そして少なくとも僕の知る限りではそれは散歩に適した場所ではない。散歩をしたいのなら海岸沿いには良い道がいくらもある。

時計は八時二十分を指している。しかしいずれにしても思い悩むほどのことでもない。誰かが僕に会いたがっている。会えばいいのだ。そしてその場所がプールであるとすれば、とにかくそれはプールなのだ。明日になれば、僕はもうここにはいないのだ。

僕はフロントに電話をかけて用事ができたので明日帰る、残り一日の予約はキャンセルしてほしいと言った。承知致しました、と相手は言った。問題は何もなかった。それから僕は洋服ダンスとチェストから服を取り出し、きちんと折り畳んでスーツ・ケースに詰めた。往きより本のぶんだけ嵩が減っていた。八時四十分だった。

エレベーターでロビーに下り、玄関から外に出た。静かな夜だった。波の音の他には何も聞こえなかった。湿っぽい匂いのする南西の風が吹いていた。後を見上げると、建物のいくつかの窓には黄色い電灯が点っていた。

僕はスポーツ・シャツの袖を肘までひっぱりあげ、ズボンのポケットに両手をつっこんで細かな砂利を敷いた緩やかな坂道を裏手の丘に向けて上った。ひざまでの高さの植込みが道に沿ってずっと続いていた。巨大なけやきの木が初夏の瑞々しい葉を空いっぱいに広げていた。温室の角を左に曲がると石段がある。かなり長い急な石段だ。三十段ばかり上ったところでプールのある丘の上に出る。八時五十分、女の姿はない。僕は大きく息をついてから壁に立てかけてあったデッキ・チェアを広げ、濡れていないことを確かめてからその上に腰を下ろした。

プールの照明灯は消えていたが、丘の中腹に立った水銀灯と月の光のおかげで暗くはなかった。プールの跳びこみ台があり、監視台があり、ロッカー・ルームがあり、ジュース・スタンドがあり、日焼けする人のための芝生のスペースがあった。監視台のわきにはコース・ロープやビート板が積みかさねてあった。シーズンにはまだ少し間があったがプールにはたっぷりと水がたたえられていた。たぶん点検でもしているのだろう。水銀灯と月光が五分に混じった光が広いプールの水面を奇妙な色あいに染めていた。まんなかあたりに蛾の死体とけやきの葉が浮かんでいた。

暑くもなく寒くもなく、微風が木立の葉をほんの少し揺らせていた。雨をたっぷり吸いこんだ緑の樹々が、その香りをあたりに漂わせていた。たしかに気持の良い夜だった。僕はデッキ・チェアの背もたれをほとんど水平に倒してあおむけに寝転び、月を見ながら煙草を吸った。

女がやってきたのは時計の針が九時を十分ばかりまわった頃だった。彼女は白いサンダルをはいて、体にぴったりと合ったノー・スリーヴのワンピースを着ていた。ワンピースの色は灰色がかったブルーで、近くに寄ってみなければわからないくらい細いピンクの線で格子柄が入っていた。彼女はプールの入口とはちょうど反対側にある木立の中から現われた。僕はずっと入口の方に注意していたので、視界の隅に彼女が現われてからも、しばらくそれに気づかなかった。彼女はプールの長い辺に沿ってゆっくりと僕の方に歩いてきた。

「ごめんなさいね」と彼女は言った。「ずっと前に来ていたんだけど、その辺をぶらぶらしているうちに道がわかんなくなっちゃったの。おかげでストッキング破いちゃったわ」

彼女は僕の隣りに同じようにデッキ・チェアを広げて座り、右足のふくらはぎの部分を僕の方に向けた。ちょうどふくらはぎのまん中のあたりに縦に十五センチほどの伝線が走っていた。前かがみになると深い襟ぐりから白い乳房が見えた。

「さっきはどうもすみません」と僕は謝った。「べつに悪気はなかったんです」

「ああ、その話ね。それはもういいのよ。忘れましょう。たいしたことじゃないもの」

女はそう言うと手のひらを上に向けて、両手を膝の上に載せた。「すごく気持の良い夜じゃない？」

「そうですね」と僕は言った。

「誰もいないプールって好きよ。静かで、何もかもが止まっていて、どことなく無機質で……あなたは？」

僕はプールの水面を渡っていくさざ波を眺めた。「そうですね。でも僕にはなんだか死人みたいに見えるな。月の光のせいかもしれないけれど」

「死体って、見たことある？」

「ええ、あります。水死体だけれど」

「どんな感じ？」

「人気のないプールみたいだ」

彼女は笑った。笑うと目の両端にしいわが寄った。

「見たのはずっと昔ですよ」と僕は言った。「子供の頃です。海岸にうちあげられてたんです。水死体のわりには綺麗な死体だったな」

彼女は指で髪のわけめをいじった。風呂あがりらしく、髪にはヘア・リンスの匂いがした。僕はデッキ・チェアの背もたれを彼女と同じところまで上げた。

「ねえ、あなたは犬を飼ったことある？」と女が訊いた。

僕はちょっとびっくりして女の顔に目をやった。それからもう一度プールに視線を戻した。

「いや、ないですね」

「一度も？」

「ええ、一度もないです」

「嫌いなの？」

「面倒なんですよ。散歩につれていったり、一緒に遊んでやったり、食事を作ったり、そんなことがね。べつに嫌いってわけじゃない。面倒なだけです」

「面倒なのが嫌いなのね」

「そういう種類の面倒が嫌いなんです」

彼女は黙って何かを考えているみたいだった。僕も黙っていた。プールの水面をけやきの葉が風に吹かれてゆっくりと移動していた。

「昔、マルチーズを飼ってたの」と彼女は言った。「子供の頃よ。父親に頼んで買ってもらったの。私は一人っ子だったし、無口で友だちもいなかったから、遊び相手が欲しかったのよ。あなたは兄弟はいる？」

「兄がいます」

「兄弟って素敵？」

「さあ、どうかな、もう七年も会ってないんですよ」

彼女はどこかから煙草をとりだして、一服した。それからマルチーズの話をつづけた。

「とにかく、犬の世話は全部私がやることになってたの。八つの時よ。食事をやったり、トイレの始末をしたり、散歩させたり、注射につれていったり、蚤取り粉をつけたり、なにもかもやったわ。一日もかかさなかったわ。同じベッドで寝たし、お風呂も一緒に入ったし……、そんな風にして八年間一緒に暮したの。とても仲が良かったのよ。私には犬の考えていることがわかるし、犬には私の考えていることがわかるの。たとえば朝出かける時に『今日はアイスクリーム買ってきてあげるからね』って言っておくと、その日の夕方はちゃんと家の百メートルくらい手前で私を待ってるのよ。それから……」

「犬がアイスクリームを食べるんですか？」と僕は思わず訊きかえした。

「ええ、もちろん」と彼女は言った。「だってアイスクリームよ」

「そうですね」と僕は言った。

「それから私が悲しんでいたりしょげたりしている時にはいつも慰めてくれたわ。いろいろ芸をしたりしてね。わかるでしょ？　とても仲が良かったのよ。とてもとても仲が良かったの。だから八年後に彼が死んじゃった時には、私は本当にどうしていいかわかんなかったわ。これからどうやって生きていけばいいのかね。それはたぶん犬の方も同じだったと思うの。もし立場が逆で、私の方が先に死んじゃったとしたら、彼も同じように感じたと思うわ」

「死因はなんだったんですか？」

「腸閉塞。毛だまが腸につまったの。それでおなかだけがふくらんで、がりがりにやせて死んだの。三日間苦しんだわ」

「医者には見せたんですか？」

「ええ、もちろん。でももう手遅れだったの。だから手遅れだってわかってからは家につれてかえって、私の膝の上で死なせたの。死ぬ時もずっと私の目を見てたのよ。死んでからも……見てたわ」

彼女は目に見えない犬をそっと抱くような具合に膝の上に置いた手を軽く内側に曲げていた。

「死んでから四時間くらいたって硬直がはじまったの。体からだんだん温かみが消えていって、最後には石みたいにかちかちになっちゃって……それでおしまい」

彼女は膝の上の手を眺めながら、しばらく黙っていた。僕は話の行きつく先のわからないままあいかわらずプールの水面を眺めていた。

「死体は庭に埋めることにしたの」と彼女はつづけた。「庭の隅の山吹のわき。父親が穴を掘ってくれたの。五月の夜だったわ。それほど深い穴じゃなくて、七十センチくらい。私のいちばん大事なセーターに犬をくるんで、それを木箱に入れたの。ウィスキーの木箱か何かよ。そこには他にもいろんなもの入れたわ。私と犬とが一緒に写った写真とか、ドッグフードとか、私のハンカチとか、よく遊んでいたテニス・ボールとか、私の髪とか、それから預金通帳とかね」

「預金通帳？」

「ええ、そう。銀行の預金通帳。子供の頃から貯めていたもので、三万円くらいは入っていたかな。犬が死んじゃった時には本当に悲しくて、もうお金も何もいらないような気がしたの。だから埋めちゃったの。それにきっと預金通帳を埋めちゃうことで自分の悲しみをきちんと確認したいというところもあったんじゃないかしら。もし火葬場に行っていたとしたら、たぶん一緒に焼いていたと思うわ。本当はその方が良かったんだけれど」

彼女は指の先で目のふちをこすった。

「それから一年ばかりはなんということもなく過ぎたの。とても寂しかったし、なんだか心の中にぽっかり穴があいちゃったみたいだったけど、それでもなんとか生きていったわ。そりゃそうよね。いくらなんでも犬が死んだからって自殺する人もいないもの。

「結局、それは私にとってもちょっとした転換期だったの。つまり、なんて言えばいいのかしら、家にばかりとじこもっていた無口な少女が外に向けて目を開いていく時期だったのね。そんなまでその先ずっと生きていくことができないというのは自分でもうすうすはわかっていたから。だから犬が死んだことは、今にして思えば、ある意味では象徴的な出来事でもあったのね」

僕はデッキ・チェアの中で体をのばし、空を見上げた。星がいくつか見えた。明日は良い天気になりそうだった。

「ねえ、こういう話って退屈でしょ?」と彼女が言った。「昔々あるところに無口な少女がおりましたとか、そんな話」

「べつに退屈じゃないですよ」と僕は言った。「ただビールが飲みたかっただけです」

彼女は笑った。そして背もたれに載せた頭を僕の方に向けた。僕と彼女のあいだには二十センチくらいしか距離がなかった。彼女が深く息をするたびに、デッキ・チェアの中で形の良い乳房が上下に揺れた。僕はまたプールを眺めた。彼女はしばらく何も言わずに僕を見ていた。

「とにかくそんな風にして」と彼女は話をつづけた。「私は少しずつ、少しずつ外の世界に溶けこんでいったの。もちろんはじめから上手くいったわけじゃないけれど、少しずつ友だちもできたし、学校に行くのも以前ほど苦痛じゃなくなってきたわ。でもそれが犬を失ったおかげなのか、それとも犬が生きていても結局はそうなったのか、それはわかんないことよね。何度か考えてみたけれど、結局はわかんなかったわ。

「さて、十七の年になって、私にはちょっと困ったことが起ったの。細かく話すと長くなっちゃうんだけど、とにかく私のいちばん仲の良い友だちのことなの。簡単に言っちゃうと彼女のお父さんが何かで問題を起して会社を辞めさせられて、それで授業料を払えなくなって、彼女が私にそれをうちあけたの。私の学校は私立の女子校で結構授業料も高かったし、それにわかるでしょ、女子校で女の子が誰かに何かを打ちあけるというのは、はいそうですかで済ませられることじゃないのよ。まあそれは別にしても私もとても気の毒に思ったたし、たとえ幾らかでもなんとかしてあげたいと思ったわ。でもお金なんてない。……で、どうしたと思う？」

「預金通帳を掘り起したんですね？」と僕は言った。

彼女は肩をすくめた。「仕方なかったのよ。私だってずいぶん迷ったのよ。でも考えれば考えるほど、そうするべきだっていう気になっていたの。だってそうでしょ？　一方に本当に困っている友だちがいて、一方に死んだ犬がいる。死んだ犬にはお金なんて必要ないのよ。あなただったらどうする？」

僕にはわからなかった。僕には困っている友だちもいなければ、死んだ犬もいなかった。わからない、と僕は言った。

「それで……一人で掘り起したんですか？」

「ええ、そう、一人でやったわ。家の人になんて言えないわよ。親は私が預金通帳を埋めたことも知らないし、だから掘り起す説明をする前にまず埋めた説明をしなきゃいけないし……わかるでしょ？」

わかる、と僕は言った。

「両親が出かけたすきに納屋からシャベルを持ってきて、一人で掘ったの。雨が降ったあとだったから土も柔かかったし、それほどの手間じゃなかったわ。そうね……全部で十五分くらいのものかな。それくらい掘ったらシャベルの先が木箱にあたったの。木箱は思ったより古びてなかったわ。なんだか一週間前に埋めたばかりって感じだったな。埋めたのはすごく昔みたいな気がしたんだけど……、いやに木の感じが白っぽくってね、埋めたばかりみたいに見えたわ。私は一年もたてば真黒になっているんじゃないかと予想していたわけ。だから……ちょっと驚いたのよ。そういうのって不思議よね。べつにどちらでもいいようなことなのに、そんなちょっとした違いをいつまでも覚えているの。それから釘抜きを持ってきて……ふたを開けたの」

僕は話のつづきを待ったが、つづきはなかった。彼女は顎を僅かに前につき出したまま黙っていた。

「それから、どうしたんですか？」と僕は水を向けた。

「ふたを開けて、預金通帳をとりだして、またふたをして、穴を埋めたわ」と彼女は言った。それからまた黙り込んだ。漠然とした沈黙がひとしきりつづいた。

「どんな感じがしました？」と僕は訊ねてみた。

「どんよりと曇った六月の午後で雨が時々ぽつぽつと降ってたわ」と彼女は言った。「家の中も庭もすごくしいんとしていて、午後の三時をまわったばかりなのに、もう夕方みたいだったわ。光が短くて、ぼんやりしていて、距離がうまくつかめないの。ふたの釘を一本ずつ抜いている時に家の中で電話のベルが鳴ってたのを覚えてるわ。ベルが何度も何度も何度も――二十回くらい鳴ったの。二十回もベルが鳴ったのよ。まるで誰かが長い廊下をゆっくりと歩いているみたいな電話のベルだったわ。どこかの角から現われて、別の角に消えていくみたいなね」

沈黙。

「ふたを開けると、犬の顔が見えたわ。見ないわけにはいかなかったのよ。埋めた時に犬をくるんでおいたセーターがずれちゃったらしくて、前足と頭がとびだしていたの。横向けになっていて、鼻と歯と耳なんかが見えたわ。それから写真やら、テニス・ボールやら髪の毛やら……そんなもの」

沈黙。

「その時私がいちばんびっくりしたのは、自分がまるで怯えてないってことだったわ。どうしてだかはわからないけれど、少しも怖くなかったのよ。もしその時私が少しでも怖がっていたとしたら、もっと楽だったんじゃないかっていう気がするの。べつに怖いっていうんじゃなくても、せめてつらいとか悲しいとか、そういうのでもよかったのよ。でも……何もなかったのよ。何の感情もなかったわ。まるで郵便受けまで行って新聞をとって戻ってくるような、そんな感じ。本当に、私が本当にそんなことをやったのかどうかさえ確かじゃないのよ。あまりにもいろんなことをはっきりと覚えているためなのね、きっと。ただ匂いだけが、いつまでも残ったわ」

「匂い？」

「通帳に匂いが浸み込んでいたのよ。なんていうのかよくわからない。とにかく……匂いよ。匂い。それを手に持つと、手にも匂いが浸みこんだの。どれだけ手を洗ってもその匂いは落ちなかったわ。どれだけ洗っても駄目なのよ。骨にまで匂いが浸みこんでいるの。今でも……そうね……そういうことなの」

彼女は右手を目の高さに上げて、月の光にそれをかざした。

「結局」と彼女はつづけた。「何もかも無駄に終ったの。何の役にも立たなかったわ。通帳には匂いが浸みこみすぎていて、銀行にも持っていけずに、焼いて捨てたわ。それで話はおしまい」

僕はため息をついた。どんな風に感想を言えばいいのかよくわからなかった。我々は黙って、それぞれに違う方向を眺めていた。

「それで」と僕は言った。「その友だちはどうなったんですか?」

「彼女は結局学校をやめなかったわ。本当はそれほどお金に困っているわけでもなかったのね。女の子ってそういうものなの。自分の境遇を必要以上に悲劇的に考えたがるものなの。馬鹿馬鹿しい話よ」。彼女は新しい煙草に火を点け、僕の方を見た。「でももうその話はやめましょう。このことを話したのはあなたがはじめてなのよ。これから先話すこともないと思うわ。だって誰にも彼にも話してまわれるようなことじゃないしね」

「話しちゃって少しはほっとしました?」

「そうね」と彼女は言って微笑んだ。「ずいぶん楽になったような気がするわ」

僕はとても長いあいだ迷った。何度かそれを口に出そうとして、思いなおしてやめた。そしてまた迷った。こんなに迷ったのは久し振りだった。僕はそのあいだずっとデッキ・チェアの肘かけを指の腹で叩いていた。煙草を吸おうと思ったが、煙草の箱はからになっていた。彼女は肘かけに肘をついてずっと遠くを眺めていた。

「ひとつだけお願いがあるんです」と僕は思い切って口に出した。「もし気を悪くしたとしたら謝ります。忘れて下さい。でもなんだか……そうした方がいいんじゃないかって気がするんです。どうもうまく言えないけれど」

彼女は頬杖をついたまま僕の方を見た。「いいわよ。言ってみて。もしそれが気に入らなかったとしてもすぐに忘れることにするわ。あなたの方もすぐに忘れる――それでいいでしょ？」

僕は肯いた。「あなたの手の匂いをかがせてくれませんか？」

彼女はぼんやりとした目で僕を見ていた。頬杖はついたままだった。それから何秒か目を閉じ、瞼を指でこすった。

「いいわよ」と彼女は言った。「どうぞ」、そして頬杖をついていた手をはずして、僕の前にさしだした。

僕は彼女の手をとり、ちょうど手相を見る時のように、手のひらを僕の方に向けた。彼女は手からすっかり力を抜いていた。長い指はごく自然に心もち内側に向けて曲げられていた。彼女の手に手をかさねていると、僕は自分が十六か十七だった頃のことを思いだした。それから僕は身をかがめて、彼女の手のひらにほんの少しだけ鼻先をつけた。ホテルの備えつけの石鹸の匂いがした。僕はしばらく彼女の手の重みをたしかめてから、そっとそれをワンピースの膝の上に戻した。

「どうだった？」と彼女が訊ねた。

「石鹸の匂いだけです」と僕は言った。

＊

彼女と別れたあとで僕は部屋に戻り、ガール・フレンドにもう一度電話をかけてみた。彼女は出なかった。信号音だけが、僕の手の中で何度も何度も何度も鳴りつづけた。これまでと同じだった。しかしそれでもかまわなかった。僕は何百キロか先の電話のベルを何度も何度も何度も鳴らしつづけた。彼女がその電話の前にいることを、僕は今ははっきりと感じることができた。彼女はたしかにそこにいるのだ。

僕は二十五回ベルを鳴らしてから受話器を置いた。夜の風が窓際の薄いカーテンを揺らしていた。波の音も聞こえた。それから僕は受話器をとって、もう一度ゆっくりとダイヤルを回した。

シドニーのグリーン・ストリート

1

シドニーのグリーン・ストリートはあなたがその名前から想像するほど――たぶんそう想像するんじゃないかと僕は想像するわけなのだけれど――素敵な通りじゃない。だいいちこの通りには木なんてただの一本も生えちゃいない。芝生も公園も水飲み場もない。なのにどうして「緑通り《グリーン・ストリート》」などというたいそうな名前が付くことになったのか、これはもう神様でもなくちゃわからない。神様だってわからないかもしれない。

ごく正直に言えば、グリーン・ストリートはシドニーでもいちばんしけた通りである。狭くて混みあっていて汚なくて貧乏たらしくて嫌な匂いがして環境が悪くて古くさくて、おまけに気候が悪い。夏はひどく寒いし、冬はひどく暑い。

「夏はひどく寒いし、冬はひどく暑い」という言い方は何かしら変だ。たとえ南半球と北半球で

は季節が逆になるとしても現実問題としては暑いのが夏で、寒いのが冬だからだ。つまり八月が冬で、二月が夏ということになる。オーストラリアの人々はみんなそう考えている。

しかし僕としてはものごとをそれほど簡単に割りきってしまうことはできない。そこには「季節とはいったい何か？」という大きな問題が入りこんでくるからである。つまり十二月になったから冬なのか、それとも寒くなったから冬なのか、という問題である。

「そんなの簡単だよ、寒くなったから冬なんじゃないか」とあなたは言うかもしれない。でもちょっと待ってほしい。もし寒くなったから冬というのなら、いったい摂氏何度以下が冬なのだ？冬のさなかにすごくぽかぽかとした日が何日かつづいたとしたら、それは「あたたかくなったから春」なのか？

ほら、わからないでしょ。

僕にだってわからない。

でも「冬だから寒くなくちゃいけない」という考え方は一面的にすぎるんじゃないかと僕は考えている。だから僕はまわりの人々の固定観念を打ちこわすためにも十二月から二月までを冬と呼び、六月から八月までを夏と呼んでいる。だから冬は暑く、夏は寒い。

そんなわけでまわりの人々は僕のことを変人だと思っている。

でもまあ、そんなのはどうでもいいことだ。グリーン・ストリートの話をしよう。

2

シドニーのグリーン・ストリートは前にも言ったように、シドニーでもいちばんしけた通りである。ひょっとしたら南半球でもいちばんしけた通りかもしれない。たとえば今、十月の昼下がり、僕はビルの三階にある事務所の窓からグリーン・ストリートのほぼまんなかあたりを見下ろしている。

何が見えるのか？

いろんなものが見える。

日焼けしたアルコール中毒の浮浪者がどぶに片足をつっこんで昼寝している――あるいはのびている。

派手なかっこうをしたチンピラがジャンパーのポケットにチェーンをつっこんで、じゃらじゃらと音をさせながら通りを歩きまわっている。

半分毛の抜けおちた病気持ちの猫がごみ箱をあさっている。

七つか八つの子供が千枚どおしを使って次から次へと車のタイヤをパンクさせている。

れんがの壁には色とりどりの反吐が乾いてこびりついている。

商店のほとんどはシャッターを下ろしたままだ。みんなこの通りに愛想をつかし、店をたたんでどこかに逃げ出してしまったのだ。今でも店を開けて営業しているのは質屋と酒屋と「ちゃーりー」のピザ・スタンドだけだ。

ハイヒールをはいた若い女が黒いエナメルのバッグを胸にかかえてカツカツという鋭い靴音を立てながら通りを全速力で走っていく。まるで誰かに追われているみたいだけれど、追いかけている人間なんて誰もいない。

二匹の野良犬が通りのまん中ですれ違う。一匹は東から西へ歩いていて、もう一匹は西から東へ歩いている。二匹とも歩きながらずっと地面を眺めていて、すれ違う時だって顔を上げもしない。

シドニーのグリーン・ストリートというのはこういう通りだ。僕はいつも思うのだけれど、もし地球のどこかに超特大の尻の穴を作らなきゃならなくなったとしたら、その場所はここ以外にはありえない。つまり、シドニーのグリーン・ストリートだ。

3

僕がシドニーのグリーン・ストリートに事務所を構えているのには、もちろんそれなりの理由がある。貧乏だからというわけではない。ここの家賃はたしかにすごく安いけれど、べつに僕は金に困ってはいない。それどころか僕はあり余るほど金を持っている。シドニーの目抜き通りの十六階建ての新築ビルを十個まとめて買うことだってできるし、最新式の航空母艦をジェット戦闘機五十機つきで買うことだってできる。とにかくもう見るのも嫌になるくらいの金を僕は持っている。なにしろ父親が砂金王で、その父親は僕一人に全財産を残して二年前に死んでしまったのだ。

その金は使いみちがないので全部銀行に放りこんでおいたのだけれど今度はその利子が使いきれない。だからその利子も銀行に放りこんでおくわけだけれど、そうすると今度はまた利子が増えてしまう。考えるだけでほんとうにうんざりする。

僕がシドニーのグリーン・ストリートに事務所を構えているのは、ここにいる限り知り合いなんて一人も訪ねてこないからだ。まともな人間はシドニーのグリーン・ストリートになんか来やしない。みんなこの通りのことをひどくおびえているからだ。だからあれこれとこうるさいことを言う親戚も来ないし、さしでがましい友だちも来ないし、金めあての女の子も来ない。顧問弁護士が財産運営の相談に来ることもないし、銀行の頭取がおあいそを言いにくることもないし、ロールス・ロイスのセールスマンがパンフレットを一山抱えてドアをノックすることもない。

電話もない。

手紙は破り捨てる。

本当に静かだ。

4

僕はシドニーのグリーン・ストリートで私立探偵事務所を開いている。つまり僕は私立探偵である。看板にはこう書いてある。

「しりつたんてい。やすくひきうけます。
ただしおもしろいじけんにかぎります」

看板の文句をひらがなで書いたのにはもちろんわけがある。シドニーのグリーン・ストリートには漢字を読める人間なんてただの一人もいやしないからだ。

事務所は六畳くらいのおそろしく汚ない部屋だ。壁にも天井にもいやというほど黄色いしみがついている。ドアはたてつけが悪くて、開けると閉めるのに苦労するし、閉めてしまうと今度は開けるのに苦労する。ドアのガラスには「しりつたんていじむしょ」という字が書いてある。ドアのノブには「います」、「いません」という文句が裏表になった札がかかっている。「います」

という方が表になっている時、僕は事務所にいる。「いません」という方が表になっている時、僕は外出している。

事務所にいない時の僕は隣の部屋で昼寝しているか、ピザ・スタンドでビールを飲みながらウェイトレスの「ちゃーりー」と世間話をしているか、どちらかだ。「ちゃーりー」は僕よりいくつか年下の可愛い女の子だ。中国人の血が半分混っている。シドニー広しといえど、中国人の血が半分混っている女の子なんて「ちゃーりー」の他にはいない。

僕は「ちゃーりー」のことがとても好きだ。「ちゃーりー」も僕のことが好きなんじゃないかと思う。でもはっきりしたことはわからない。他人が何を考えているかなんて僕にはまるでわからないのだ。

「しりつたんていってもうかるの?」と「ちゃーりー」は僕にたずねる。

「もうかんないよ」と僕は答える。「だってもうかったって、金が入るだけのことじゃないか」

「あんたってほんと変な人ね」と「ちゃーりー」は言う。

「ちゃーりー」は僕が大金持だということを知らないのだ。

BAKAYO
ANTA TACHI.

「います」という札がかかっている時、僕はだいたい事務所のビニールのソファーに座ってビールを飲みながらグレン・グールドのレコードを聴いている。僕はグレン・グールドのピアノが大好きだ。グレン・グールドのレコードだけで三十八枚も持っている。

5

僕は朝いちばん、オートチェンジのプレーヤーにレコードを六枚ばかり載せ、えんえんとグレン・グールドを聴く。そしてビールを飲む。グレン・グールドを聴くのにあきると、時々ビング・クロスビーの「ホワイト・クリスマス」をかける。

「ちゃーりー」は「AC／DC」が好きだ。

6

「私立探偵事務所」といっても、お客なんか殆んど来やしない。シドニーのグリーン・ストリートの住人は何かを解決するために金を払うなんてことは思いつきもしないのだ。それに彼らには解決するべき問題があまりにも多すぎるから、ひとつひとつ解決しようというよりは、なんとかそれと協調してやっていこうというかんじになってしまうのだ。いずれにせよシドニーのグリーン・ストリートは私立探偵にとって決して住みやすい街ではない。

ほんの時たま「やすくひきうけます」という文句にひかれてお客がやってくることもあるが、その大部分は——もちろん僕にとってはということなのだけれど——すごくつまらない事件である。

たとえば「うちのにわとりが二日に一度しか玉子を生まなくなっちゃったのはどうしてでしょう」とか「毎朝うちの牛乳が盗まれるんだけど、犯人をつかまえてとっちめてください」だとか「友だちがお金を返してくれないので、返してくれるようにそれとなく言ってみてくれませんか」といったようなことだ。

そういったつまらない依頼を僕はぜんぶ断ってしまう。だってそうでしょ？　僕は誰かのにわとりや牛乳やちっぽけな貸金のめんどうを見るために私立探偵になったわけじゃないのだ。僕の求めているのはもっとドラマティックな事件なのだ。たとえば二メートルくらい背丈のある青い義眼をはめた執事が黒ぬりのリムジンに乗ってやってきて「伯爵令嬢のルビーの宝玉をまもるために一肌脱いではいただけますまいか」とかね、そういう事件のことだ。

でもオーストラリアには伯爵令嬢なんていない。伯爵どころか子爵も男爵もいやしない。困ったことだ。

そんなわけで僕は毎日まいにちすごく暇である。僕は爪を切ったり、グレン・グールドのレコードを聴いたり、時代ものの自動拳銃の手入れをしたり、ピザ・スタンドで「ちゃーりー」と世間話をしたりしながら時間をつぶしている。

「あんたもしりつたんていなんてばかなことやめて、きちんと身を固めたら？」と「ちゃーりー」は言う。「印刷工とか、そういうことしてさ」

印刷工かあ、と僕は思う。それも悪くないな。「ちゃーりー」と結婚して印刷工になるというのもなかなか悪くない。

でも今のところ僕は私立探偵である。

7

その羊の格好をした小男がドアから入ってきたのは金曜日の午後だった。羊の格好をした小男は足ばやに部屋に入ると首を外に出してあとをつけてくるものがいないかどうかたしかめてからドアを閉めた。ドアはなかなかしまらなかった。僕は男を手伝って二人でドアを閉めた。

「こんにちは」と小男は言った。

「こんにちは」と僕は言った。「えーと……」

「ひつじおとこと呼んで下さい」と羊男は言った。

「はじめましてひつじおとこさん」と僕は言った。

「はじめまして」と羊男は言った。「しりつたんていの方ですね？」

「そうです。私立探偵です」と僕は言った。それから僕はプレーヤーのスイッチを切ってグレン・グールドの「インヴェンション」をレコード棚にしまい、ビールの空缶をかたづけ、爪切りをひきだしに入れ、羊男に椅子をすすめた。

「私立探偵をさがしてたんです」と羊男は言った。

「なるほど」と僕は言った。

「でもどこに行けば私立探偵がみつかるのかわからなかったんです」

「うんうん」

「で、かどのピザ・スタンドでそのことを話しましたら、女の人がここに来ればいいと教えてくれましたので」

「ちゃーりー」のことだ。

「それではひつじおとこさん」と僕は言った。「ご用件をうけたまわりましょう」

8

羊男は羊のぬいぐるみを着ていた。ぬいぐるみといってもちゃちな布製のものではなくて、ちゃんとした本物の羊の毛皮だ。尻尾だって角だってついている。手と足と顔の部分だけが空いている。目には黒いマスクをつけている。いったい何の必要があって男がこんなかっこうをしているのか、僕にはよくわからなかった。今はもうかなり秋も深まっているから、こんなかっこうをしていれば相当汗をかくはずだ。それに表を歩いていれば子供にからかわれたりすることだってあるだろう。よくわからない。

「もしお暑いようでしたら」と僕は言った。「御遠慮なく、ん――、その上着を取って下さい」

「いやいやおかまいなく」と羊男は言った。「こういうのには慣れとりますので」

「それではひつじおとこさん」と僕はくりかえした。「ご用件をうけたまわりましょう」

9

「実は私の耳をとりかえしていただきたいのです」と羊男は言った。

「耳？」と僕は言った。

「つまり私の衣裳についている耳です。ほら、ここです」と言って羊男は指で頭の右上を指した。それと同時に彼の目玉もきゅっと右上にあがった。「こちら側の耳がちぎれてなくなっているでしょ」

たしかに彼の羊の衣裳の右側の耳――つまり僕の方から見れば左側ということになるのだが――はちぎれてなくなっていた。左耳はちゃんとついていた。僕は羊がどんな耳を持っているかなんてそれまで考えたこともなかった。羊の耳というのは平べったくてひらひらとして横につきだしている。

「それで耳をとりかえしていただきたいのです」と羊男は言った。

僕は机の上のメモとボールペンを手にとり、ボールペンの先でコツコツと机をたたいた。

「くわしい事情をきかせて下さい」と僕は言った。「とられたのはいつですか？　とったのは誰ですか？　そしてあなたはいったい何なのですか？」

「とられたのは三日前です。とったのは羊博士です。そして私は羊男です」

「やれやれ」と僕は言った。

「すみません」と羊男は言った。

「もっとくわしく話してくれませんか」と僕は言った。「羊博士だのなんだのっていわれても、僕にはちっともわからんのです」

「それではくわしくお話ししましょう」と羊男は言った。

「この世界には、たぶんあなたは御存じないと思うのですが、約三千人の羊男が住んでおります」と羊男は言った。

10

「この世界には、たぶんあなたは御存じないと思うのですが、約三千人の羊男が住んでおります」と羊男は言った。

「アラスカにもボリヴィアにもタンザニアにもアイスランドにも、いたるところに羊男がおります。しかしこれは秘密結社とか革命組織とか宗教団体とかいったようなものではありません。会議があったり機関誌があったりするわけでもありません。要するに我々はただの羊男でありまして、羊男として平和に暮したいと願っているだけなのです。羊男としてものを考え、羊男として食事をとり、羊男として家庭を持ちたいのです。だからこそ我々は羊男なのです。おわかりでしょうか？」

よくわからなかったけれど「ふむふむ」と僕は言った。

「しかし我々の行く手に立ちはだかる人々も何人かいます。その代表的な人物がこの羊博士なんです。羊博士の本名も歳も国籍もわかりません。それが一人の人間なのか、複数の人間なのかもわかりません。しかし相当な老人であることはたしかです。そして羊博士の生きがいは羊男の耳をちぎってコレクションすることなのです」

「またどうして？」と僕は質問した。

「羊博士には羊男の生き方が気に入らないのです。だからいやがらせに耳をちぎっちゃうんです。そして喜んでいるんです」

「ずいぶん乱暴そうな人だなあ」と僕は言った。

「でも本当はそれほど悪い人でもないんじゃないかという気がするんです。ただ、どこかで嫌な目にあって性格がひねくれちゃったんでしょうね。だから私としては耳さえ返ってくればそれでいいんです。羊博士に恨みはありません」

「よろしい、ひつじおとこさん」と僕は言った。「あなたの耳をとり戻してあげましょう」

「ありがとうございます」と羊男は言った。

「費用は一日千円、耳が返ってきたら五千円、三日ぶんの費用は今前払いして下さい」

「前払いですか？」

「前払いです」と僕は言った。

羊男は胸のポケットから大きながまぐちを出してきれいにおりたたんだ千円札を三枚ひっぱり出し、悲しそうに机の上に置いた。

11

羊男が帰ったあとで僕は千円札のしわをのばし、自分の財布に入れた。千円札にはしみやら匂いやらがいっぱいついていた。それから僕はピザ・スタンドに行ってアンチョビのピザと生ビールを注文した。僕は一日三食ピザ・パイを食べている。

「やっと依頼がきたのね」と「ちゃーりー」が言った。

「そうさ、忙しいんだ」と僕はピザ・パイを食べながら言った。「羊博士を深さなきゃいけないんだ」

「羊博士だったら探すまでもないわよ。この近くに住んでいるはずよ。だって時々うちにピザを食べに来るもの」と「ちゃーりー」は言った。

「どこに住んでるんだい？」と僕はびっくりして訊ねた。

「そんなの知らないわよ。自分で電話帳しらべてみれば？　だってあんたたんていでしょ？」

僕はまさかとは思ったが念のために電話帳の「ひ」のページをしらべてみた。羊博士の電話番号はちゃんと載っていた。羊男の電話番号まで載っていた。まったくなんて世の中だ。

ひつじおとこ（無職）……363—9847
ひつじてい（酒場）……497—2001
ひつじはかせ（無職）……202—6374

僕は手帳を出して羊博士の電話番号と住所をメモした。それからビールを飲んでピザの残りを食べた。事件は意外に早くかたづきそうだった。

12

羊博士の家はグリーン・ストリートの西の端にあった。れんがづくりの小さな家で、庭にはバラの花が咲いている。グリーン・ストリートにしてはめずらしくきちんとした家だった。もちろんかなり古びてがたはきているけれど、少なくとも家に見える。

僕はわきの下の自動拳銃の重みをたしかめ、サングラスをかけ、「パリアッチ」の序曲を口笛で吹きながら家のまわりをぐるりと一周してみた。べつに変ったところは何もなかった。家の中はしいんとして物音ひとつしない。窓には白いレースのカーテンがかかっていた。とても静かでひっそりとしていて、羊男の耳をひきちぎったりするような人物が住んでいるとはとても思えなかった。

僕は玄関に回ってみた。表札には「羊博士」とある。まちがいない。郵便受けには何も入っていなかった。「新聞・牛乳等おことわり」という紙が貼ってあった。

羊博士の家は探しあてたものの、この先いったいどうすればいいのか、見当もつかなかった。あまりにも簡単に家がみつかってしまったせいだ。本当なら何やかややややっこしいことがあったり、いっしょうけんめい推理したりしてやっとの思いで家を探しあてるわけなのに、こんなに簡単にみつかってしまうとどうもうまく考えがまとまらないのだ。こんなのってすごく困る。僕はバッハの「主よ、人の望みの喜びよ」を口笛で吹きながら、いったいどうすればいいのか考えてみた。

いちばんかんたんなのは呼びりんを押し、羊博士が出てきたら「すいません、羊男の耳をかえして下さい」と言うことだった。実に簡単だ。

そうすることにした。

13

僕は呼びりんを十二回も押した。それからドアの前で五分待った。返事はなかった。家の中はしんとしずまりかえったままだった。雀が庭の芝生の上をいったりきたりしていた。

僕があきらめてもう帰ろうと思った時に、突然ドアがばたんと開き、大柄な白髪の老人がぬっと顔を出した。すごくおっかない感じの老人だ。僕はできることならそのまま逃げて帰ってしまいたかった。しかしそういうわけにもいかない。

「ええい、うるさいわ」と老人はどなった。「ひとがせっかく気持よく昼寝しとるのに、お前らはもう……」

「羊博士ですね？」と僕は質問した。

「そこにはり紙がしてあるじゃろが。お前は漢字が読めんのか？　ええか、しんぶん・ぎゅうにゅうとう……」

「漢字は読めます。僕は新聞とか牛乳とかのセールスマンじゃありません。僕は私立探偵です」

「私立探偵？　なんだって同じじゃ。そんなものに用はないわい」羊博士はそう言ってばたんとドアを閉めようとしたが、僕は足をはさんでつっかい棒をした。くるぶしにドアがぶつかってひどく痛かったが顔には出さずにがまんした。

「あなたに用はなくても私の方にあるんです」と僕は言った。

「知ったことか」と言って羊博士は僕のくるぶしを皮靴の先でけとばした。足がくだけるんじゃないかと思うくらい痛かったが、僕はこれも我慢した。

「冷静に話しあいましょう」と僕は冷静に言った。

「これでもくらえ」と羊博士は言うと、手もとの花びんを取ってそれで僕の頭を思いきりなぐった。それでおしまいだった。僕は意識をなくしてしまった。

14

僕は井戸水をくみあげる夢を見ていた。僕はつるべで井戸水をくみあげて、その水を大きなたらいに入れていた。たらいの水がたまるとわにがやってきてその水をごくごくと一息で飲んでしまった。たらいにまた水がたまると、今度はべつのわにがやってきてその水をごくごくと一息で飲んでしまった。そのくりかえしだった。僕は十一匹までわにを数えた。それから目がさめた。

あたりはまっくらだった。空には星が出ている。シドニーの夜空はとてもきれいだ。僕は羊博士のドアの前に寝転んでいた。あたりはしんとしていた。財布も自動拳銃もちゃんとある。

僕は起きあがって服についたごみをぱたぱたと払い、サングラスを胸のポケットにしまった。もう一度呼びりんを押してみようかと思ったが、頭がすごく痛んだので、とりあえず今日はひきあげることにした。僕は既に一日ぶん以上の仕事をしていた。依頼人の話を聞き、前金を受けとり、犯人の家をつきとめ、くるぶしをけられ、頭をなぐられた。このつづきは明日やればいい。

僕はピザ・スタンドに寄ってビールを飲み、「ちゃーりー」にけがの手当てをしてもらった。

「ひどいこぶねえ」と「ちゃーりー」は冷たいタオルで僕の頭を拭きながら言った。「いったいどうしたのよ?」

「羊博士になぐられたんだ」と僕は言った。

「まさか」と「ちゃーりー」は言った。

「本当だよ」と僕は言った。「呼びりん押して自己紹介したら花びんでなぐられちゃったんだ」

「ちゃーりー」はしばらく一人で考えこんでいた。僕はそのあいだ頭をこすりながらビールを飲んでいた。

「一緒にいらっしゃい」と「ちゃーりー」は言った。

「どこ行くんだよ」と僕は訊ねた。

「羊博士のところにきまってるわよ」と「ちゃーりー」は言った。

15

「ちゃーりー」は羊博士の家のベルをつづけさまに二十六回も押した。

「ええい、うるさいわ」と羊博士が首を出した。「新聞も牛乳も私立探偵も……」

「なにがうるさいよ、このおたんこなす」と「ちゃーりー」がどなった。

「なんだ『ちゃーりー』じゃないか」と羊博士が言った。

「あなたこの人の頭を花びんでなぐったんだって？」と「ちゃーりー」が僕の方を指さして言った。

「うん、まあね、その、なんていうかさ」と羊博士が言った。

「どうしてそんなことすんのよ。この人は私の恋人なのよ」

羊博士は困ったような顔をしてぽりぽりと頭をかいた。「そりゃ悪かったな。知らなかったものでね。いや、そうとわかっていればあんなことしなかったんだけどね」

僕だってそんなこと知らなかった。僕が「ちゃーりー」の恋人だったなんてね。

「ま、とにかく入んなさい」と言って羊博士はドアをいっぱいに開けた。僕と「ちゃーりー」は中に入った。ドアを閉めようとしてまた僕はくるぶしを打ってしまった。本当についてない。

羊博士は我々を居間に案内して葡萄ジュースを出してくれた。グラスが汚れていたので僕は半

HITSUZI
OTOKO

分しか飲まなかった。「ちゃーりー」はかまわずにぜんぶ飲んで、氷までかじった。

「さてさて、なんとおわびしていいものやら」と羊博士は僕に言った。「頭はまだ痛みますかな？」

僕は黙って肯いた。人の頭を花びんで思いきりなぐっておいて「まだ痛みますか」も何もないものだ。

「なんでなぐったりなんかしたのよ、まったく」と「ちゃーりー」が言った。

「いやいや、最近はすっかり人嫌いになってしまってな」と羊博士は言った。「それに新聞屋やら牛乳屋やらがうるさいもんで、知らん顔を見るとついなぐっちまうんだよ。いや、悪かった。でもお若いの、わしは新聞も読まんし、牛乳も飲まんよ」

「僕は牛乳屋でもありませんし、新聞屋でもありません。僕は私立探偵です」と僕は言った。

「そうそう、私立探偵じゃったな。忘れとった」と羊博士は言った。

16

「実は羊男の耳を返していただきにここに参ったのです」と僕は言った。「博士は三日前にスーパー・マーケットのレジで羊男の耳をひきちぎりましたね」

「おおとも」と羊博士は言った。

「それを返して下さい」と僕は言った。

「いやじゃ」と羊博士は言った。

「耳は羊男のものです」と僕は言った。

「今はわしのもんじゃ」と羊博士は言った。

「しかたありません」と僕は言ってわきの下から自動拳銃をとりだした。僕はすごく気が短いのだ。「それではあなたを撃ち殺して耳を持って帰ります」

「まあまあ」と「ちゃーりー」がとめに入った。「あんたって本当に考えが足りないんだから」と彼女は僕に言った。

「まったくじゃよ」と羊博士が言った。

僕はかっとなって拳銃の引きがねをひきそうになった。

「ちゃーりー」があわててとめた。そして僕のくるぶしを思いきりけとばしてからさっと拳銃をとりあげた。

「あんたもあんたよ」と「ちゃーりー」は羊博士に向って言った。「どうして羊男の耳を返してあげないのよ?」

「耳はぜったいに返すもんかい。羊男はわしの敵じゃ。今度会ったらもうかたっぽうの耳もちぎりとってやるわい」と羊博士は言った。

「どうしてそんなに羊男を憎むんですか。良い人じゃありませんか」と僕は言った。

「理由なんてあるもんか。ただあいつらが憎いんじゃ。あいつらがあんなみっともない格好して楽しそうに暮しておるのを見ると、もう無性に憎いんじゃよ」

「願望憎悪よ」と「ちゃーりー」が言った。

「む？」と羊博士が言った。

「ん？」と僕が言った。

17

「あなたは本当は自分も羊男になりたいのよ。でもそれを認めたくないから羊男を逆に憎むようになったのね」

「そうか」と羊博士は感心したように言った。「気がつかなかったよなあ」

「どうしてそんなことわかるの？」と僕は「ちゃーりー」に訊ねてみた。

「あんたたちフロイトとかユングとか読んだことないの？」

「いや」と羊博士が言った。

「残念ながら」と僕は言った。

18

「じゃあ、わしは決して羊男を憎んじゃおらんかったのだ」と羊博士は言った。

「そういうことになりますね」と僕は言った。

「あたりまえじゃない」と「ちゃーりー」が言った。

「とすると、わしは羊男くんにとても悪いことをしてしまったような気がするな」と羊博士が言った。

「でしょうね」と僕は言った。

「当然よ」と「ちゃーりー」は言った。

「ということは、羊男くんの耳は持ち主に返すべきじゃな」と羊博士は言った。

「ま、そうでしょうね」と僕は言った。

「今すぐに返しなさい」と「ちゃーりー」が言った。

「でも、もうここにはないんじゃよ」と羊博士が言った。「実をいうと捨てちまったんじゃ」

「捨てたって……、どこに捨てたんですか？」と僕は訊ねた。

「いや、その……」

「さっさと言いなさい」と「ちゃーりー」がどなった。

「うん、実は『ちゃーりー』の店の冷蔵庫に放り込んどいたのよ。サラミに混ぜてな。いや、べつに悪気は……」

羊博士がぜんぶ言い終らないうちに「ちゃーりー」は手もとにあった花びんをつかんで羊博士の頭のてっぺんを思いきりなぐった。僕としてはすごくいい気味だった。

19

結局僕と「ちゃーりー」は羊男の耳をとりもどすことができた。もっともとりもどした時には耳は茶色くこげて、タバスコ・ソースがかかっていた。客の一人がサラミ・ピザを注文して、そのひときれをまさに口に入れようとしていた瞬間に僕たちがそれをとりおさえたからだ。本当に危いところだった。僕はそれをきれいに洗ってチーズをおとしたが、タバスコ・ソースのしみだけはどうやってもとれなかった。

羊男は耳が戻ってきたことをとても喜んだが、茶色くこげてタバスコ・ソースがついているのを見て――口には出さなかったけれど――少しがっかりしたようだった。それで僕は料金を二千円おまけしてあげた。「ちゃーりー」が針と糸を使って衣裳に耳をつけてやった。羊男は鏡の前に立って二、三度はねてみせた。耳はひらひらと揺れた。とても満足そうだった。

20

ついでながらつけくわえておくと、羊博士はめでたく羊男になることができた。彼は毎日羊男の衣裳をつけて「ちゃーりー」の店にピザを食べにくる。羊男／羊博士はとても幸せそうである。これというのもみんなフロイトのおかげだ。

21

事件が落着したあとで、僕と「ちゃーりー」はデートをした。僕たちは中華料理を食べてからダウン・タウンの映画館でルキノ・ヴィスコンティの「ルードウィヒ」を観た。暗闇の中で僕は彼女にキスしようとした。彼女はハイヒールのかかとで、僕のくるぶしを思いきりけとばした。すごく痛くて十分くらい口がきけなかった。

「だって僕のことを恋人だって言ったじゃないか」と僕は十分後に言った。

「あの時はあの時」と「ちゃーりー」は言った。

でも「ちゃーりー」は本当は僕のことが好きなんだと思う。ただ女の子っていろんなことが裏がえしになっちゃう時があるのだ。僕はそう思う。

「ごめんね」と映画が終ったあとで僕は言った。

「あんたがしりつたんていなんてばかなことやめて、立派な職について、貯金くらいするようになったら、もう一度考えてもいいわよ」と「ちゃーりー」は言った。

前にも言ったように、僕にはもううんざりするくらいの貯金がある。でも「ちゃーりー」はそれを知らない。教えるつもりもない。

僕は「ちゃーりー」がとても好きだ。だから印刷工になってもいいと思う。

でも今のところ僕はまだ私立探偵で、シドニーのグリーン・ストリートにある事務所のソファーに寝転び、客が来るのを待ちつづけている。スピーカーからはグレン・グールドのピアノが流れている。ブラームスの「インテルメッツォ」、僕のいちばん好きなレコードだ。

もしあなたが何か問題を抱えているなら、僕が印刷工になってしまう前に、グリーン・ストリートにある僕の事務所のドアをノックして下さい。とても安い料金でひきうけます。おまけもします。ただしそれが面白い事件であればね。

さし絵　飯野和好

発表誌一覧

中国行きのスロウ・ボート　「海」一九八〇年四月
貧乏な叔母さんの話　「新潮」一九八〇年一二月
ニューヨーク炭鉱の悲劇　「ブルータス」一九八一年三月
カンガルー通信　「新潮」一九八一年一〇月
午後の最後の芝生　「宝島」一九八二年八月
土の中の彼女の小さな犬　「すばる」一九八二年一一月
シドニーのグリーン・ストリート　「海」臨時増刊「子どもの宇宙」一九八二年一二月

『中国行きのスロウ・ボート』の単行本初版は一九八三年五月中央公論社から刊行されました。本書はその版を改め、装幀を当時のままに再現した復刻版です。

村上春樹

1949年京都市生まれ。早稲田大学卒。79年『風の歌を聴け』で「群像」新人賞、85年『世界の終りとハードボイルド・ワンダーランド』で谷崎潤一郎賞受賞。著書に『羊をめぐる冒険』『ノルウェイの森』『ねじまき鳥クロニクル』『海辺のカフカ』『１Ｑ８４』『騎士団長殺し』『一人称単数』『街とその不確かな壁』など。サリンジャー『キャッチャー・イン・ザ・ライ』、フィッツジェラルド『グレート・ギャツビー』、チャンドラー『ロング・グッドバイ』ほか訳書も多数。

中国《ちゅうごく》行《い》きのスロウ・ボート

2024年２月25日　初版発行

著　者　村《むら》上《かみ》 春《はる》樹《き》

発行者　安 部 順 一

発行所　中央公論新社

〒100-8152　東京都千代田区大手町1-7-1
電話　販売 03-5299-1730　編集 03-5299-1740
URL https://www.chuko.co.jp/

ＤＴＰ　平面惑星
印　刷　図書印刷
製　本　大口製本印刷

Published by CHUOKORON-SHINSHA, INC.
Printed in Japan · ISBN978-4-12-005747-2 C0093

定価はカバーに表示してあります。落丁本・乱丁本はお手数ですが小社販売部宛お送り下さい。送料小社負担にてお取り替えいたします。